Mirjam Pressler
Katharina und so weiter

Mirjam Pressler

Katharina
und so weiter

Erzählung
Bilder von Edith Lang

Mirjam Pressler, geb. 1940 in Darmstadt, besuchte die Hochschule für Bildende Künste in Frankfurt, lebt mit ihren drei Töchtern in München. Sie veröffentlichte »Stolperschritte« (ausgezeichnet mit dem Züricher Kinderbuchpreis »La vache qui lit« 1981) und die im Programm Beltz & Gelberg erschienenen Romane »Bitterschokolade«, (ausgezeichnet mit dem Oldenburger Jugendbuchpreis 1980),»Nun red doch endlich«,»Kratzer im Lack«,»Novemberkatzen« und »Zeit am Stiel«.

Cip-Kurztitelaufnahme der Deutschen Bibliothek

Pressler, Mirjam:
Katharina und so weiter : Erzählung / Mirjam Pressler.
– Weinheim : Beltz und Gelberg, 1984. ISBN 3-407-80135-1

Lektorat: Cornelia Krutz-Arnold

© 1984 Beltz Verlag, Weinheim und Basel
Alle Rechte vorbehalten. Programm Beltz & Gelberg, Weinheim
Einband von Wolfgang Rudelius, Friedberg,
unter Verwendung einer Vorlage von Edith Lang
Gesetzt aus der 14 Punkt Times
Gesamtherstellung Beltz Offsetdruck, 6944 Hemsbach über Weinheim
Printed in Germany
ISBN 3 407 80135 1

INHALT

DIE TAUBEN-OMA, PFANNKUCHEN UND EIN AUFSATZ

Katharinas Mutter arbeitet im Kaufhof. Bis abends um halb sieben verkauft sie dort Gardinen. Deshalb geht Katharina nach der Schule immer zur Tauben-Oma. Damit sie etwas Warmes in den Bauch kriegt und damit sie ihre Schulaufgaben ordentlich macht. Die Tauben-Oma kann sehr gut kochen. Schon auf dem Flur riecht Katharina, daß es heute Pfannkuchen gibt. Pfannkuchen gibt es oft, weil Katharina die so gern ißt.

»So ein Kind«, hat die Tauben-Oma zur Frau Kammermann gesagt. »Dünn wie nur was! Man muß aufpassen, daß der Wind sie nicht wegweht.«

Katharina drückt auf den Klingelknopf. Dreimal kurz, damit die Tauben-Oma gleich weiß, wer kommt. Bei Kundschaft bindet sie sich nämlich immer erst die Schürze ab, weil sich das so gehört.

Die Tauben-Oma macht die Tür auf. Sie hat die blau-weiß geblümte Kittelschürze an und den Pfannkuchenwender in der Hand. Rot und verschwitzt sieht sie aus.

»Wie war's in der Schule?« fragt sie und geht schnell

7

zurück in die Küche. Sie kann nämlich dunkelgebackene Pfannkuchen nicht leiden. Goldgelb müssen sie sein, nur am Rand etwas braungebrutzelt.

Katharina legt der Tauben-Oma von hinten die Arme um den dicken Bauch.

»Hast du Hunger, Kathi?«

Katharina setzt sich an den Tisch. »Und ob ich Hunger habe. Du kannst ruhig zehn machen heute.«

»Warum nicht gleich zwanzig«, sagt die Tauben-Oma. »Wenn dein Bauch nur halb so groß wäre wie deine Augen, dann wär's ja gut.« Sie legt Katharina den ersten Pfannkuchen auf

den Teller. »Wie war's in der Schule? War was Besonderes?«

Katharina schmiert sich Erdbeermarmelade auf den Pfannkuchen und rollt ihn zusammen. Bei der Tauben-Oma darf man nämlich mit den Fingern essen. Fast alles. Außer Suppe natürlich. Der Tauben-Oma macht das nichts aus, wenn Katharina verschmierte Hände hat. Dafür gibt's den Wasserhahn, sagt sie immer.

Katharina beißt in den Pfannkuchen und kaut. »In der Schule war's wie immer«, erzählt sie. »Nur daß die Super-saure-Essig-Gurke mir einen Extra-Aufsatz aufgegeben hat.«

»Dafür, daß du den Mund so voll hast, redest du aber noch sehr deutlich«, lobt die Tauben-Oma. »Warum hat sie dir einen Extra-Aufsatz aufgegeben? Hast du geschwätzt oder was?«

Katharina schluckt den Pfannkuchen runter. »Mit der Inga kann man nicht schwätzen. Nein, ich bin zu spät gekommen.«

»Ausgerechnet heute einen Extra-Aufsatz«, sagt die Tauben-Oma. »Dabei hätte ich dich gern mitgenommen ins Westend. So um drei Uhr herum.«

Katharina hopst auf ihrem Stuhl, daß die Teller wackeln.

»Leider geht das nun nicht mehr«, sagt die Tauben-

9

Oma und wischt sich die Hände an der Schürze ab.
»Und ob das geht«, sagt Katharina. »Ich schreib
meinen Aufsatz ganz schnell. Du wirst sehen, so
schnell habe ich noch nie einen Aufsatz ge-
schrieben.«

Die Tauben-Oma stellt den Teller mit den Pfannkuchen auf den Tisch und setzt sich hin. »So, du
Angeber, jetzt will ich mal sehen, ob du zehn
schaffst.«

»Hast du eine Ahnung, wieviel Hunger ich habe«,
sagt Katharina und nimmt den zweiten Pfannkuchen.

»Die sind wirklich besonders gut heute«, sagt sie
beim dritten.

Beim vierten sagt sie gar nichts, aber sie kaut etwas
langsamer.

Beim fünften beißt sie nur einmal hinein, dann legt
sie ihn zurück auf den Teller. »Die sind heute
besonders groß«, sagt sie vorwurfsvoll. »Riesen-
pfannkuchen sind das. Tauben-Oma, du hast ge-
schummelt.«

Die Tauben-Oma deutet auf die Schöpfkelle in der
leeren Teigschüssel. »Dieselbe Kelle wie immer«,
sagt sie. »Die ganz kleine.«

Aber Katharina glaubt ihr nicht. »Dann hast du
sicher zwei Kellen Teig für einen Pfannkuchen

genommen. So große Dinger! Fünf doppelte sind soviel wie zehn einfache. Du hast mich reingelegt.«

Die Tauben-Oma ißt erst den dritten Pfannkuchen. »Ein bißchen«, gibt sie zu. »Ich hab vielleicht die Kelle voller gemacht als sonst. Aber nicht doppelt!«

»Kleine Mädchen betrügen«, sagt Katharina. »Na sowas! Und das will eine anständige alte Frau sein.«

Die Tauben-Oma macht ein betretenes Gesicht.

»Kein Wort sollte man mehr mit dir reden«, sagt Katharina. »So schaffe ich die zehn doch nie.«

»Und wenn ich dir verspreche, daß ich es nie wieder tue, redest du dann wieder mit mir?« fragt die Tauben-Oma.

Katharina runzelt zweifelnd die Stirn. »Und warum soll ich dir glauben? Du sagst doch selber immer: ›Wer einmal lügt‹ und so weiter.«

»Und wenn ich dir eine Tafel Schokolade gebe?« sagt die Tauben-Oma. »Mit einer Tafel Schokolade glaubt sich's ganz leicht.«

»Ich will ja nicht so sein«, sagt Katharina.

Die Tauben-Oma holt eine Tafel Schokolade aus dem Küchenschrank. Trauben-Nuß. Katharinas Lieblingsschokolade.

Katharina steckt sie in ihren Ranzen. Für später, jetzt ist sie viel zu satt.

Die Tauben-Oma wischt den Tisch ab, damit Katharinas Heft keine Fettflecken bekommt. Sonst wird Frau Essig sauer.

»Was sollst du denn schreiben?« fragt die Tauben-Oma.

»Über meinen Schulweg. Sie will wissen, warum der immer so lang dauert, wo ich doch ganz nah an der Schule wohne.«

»Dann aber schnell«, sagt die Tauben-Oma und setzt ihre Brille auf. »Ich nähe inzwischen noch ein bißchen.«

Katharina legt das Heft vor sich auf den Tisch und schraubt ihren Füller auf. »Wenn ich nur wüßte, was ich schreiben soll.«

Die Tauben-Oma breitet einen braunkarierten Stoff aus und schiebt ihn vorsichtig unter die Nadel. »Schreib doch, wie schön es morgens im Bett ist«, sagt sie. »So ganz gemütlich und warm. Und daß du dann gar nicht an die Schule denken kannst.«

»Das wäre noch nicht mal gelogen«, sagt Katharina. »Aber ich glaub, das gehört zu den Sachen, die man einer Lehrerin besser nicht erzählt.«

Die Tauben-Oma nickt. »Stimmt. Vielleicht liegt Frau Essig auch morgens im Bett und denkt, wie schön gemütlich das ist. Und dann muß sie aufstehen und in die Schule gehen.«

Katharina lacht laut.

»Warum lachst du?«

»Ich stell mir die Essig im Bett vor. Im Nachthemd. Oder meinst du, sie zieht nur Schlafanzüge an?«

»Warum findest du das denn so komisch?« fragt die Tauben-Oma. »Jeder Mensch zieht ein Nachthemd an oder einen Schlafanzug. Das ist doch nichts zum Lachen.«

»Find ich schon«, sagt Katharina. »Die Frau Essig sieht im Nachthemd bestimmt so komisch aus wie du. Außerdem, ich schlaf oft ganz nackig. Und die Mama auch.«

»Das gehört sich nicht«, sagt die Tauben-Oma kopfschüttelnd. »Ihr könntet euch erkälten.«

»Im Bett?« fragt Katharina. »Unter der warmen Decke?«

»Ach, hör auf«, sagt die Tauben-Oma. »Schreib endlich deinen Aufsatz.«

»Was denn?«

»Vielleicht, daß du morgens immer Bauchweh hast.«

Katharina schüttelt den Kopf. »Das ist gelogen.«

»Du nimmst es doch sonst nicht so genau«, sagt die Tauben-Oma.

Daß ich morgens immer so spät bin, liegt an unserer Uhr, schreibt Katharina. *Wenn ich noch im Bett liege, geht sie ganz langsam. Auch beim Frühstück.*

*Aber wenn ich meinen Anorak anziehe, spinnt sie
richtig. Dann hat sie es auf einmal eilig. Viel eiliger als
ich. Und plötzlich ist es wieder mal zu spät.*
Katharina nagt an ihrem Füller. Das tut sie immer,
wenn sie nicht weiter weiß. Der Füller hat schon sehr
viele kleine Dellen von ihren Zähnen. Die Tauben-
Oma näht. Die Nadel rattert so schnell über den
karierten Stoff, daß man sie fast gar nicht mehr
sehen kann.
»Für Frau Goller?« fragt Katharina.
Die Tauben-Oma nickt. »Ja, ein Rock. Bist du fertig
mit dem Aufsatz?«
»Ich weiß nicht«, sagt Katharina. »Sehr lang ist er
nicht.«
»Zeig her«, sagt die Tauben-Oma. Sie rückt ihre
Brille zurecht und liest. Dann nimmt sie die Brille ab
und hält das Heft weit von sich.
»Dein Arm ist nicht lang genug«, sagt Katharina.
»Soll ich dir helfen?«
Die Tauben-Oma runzelt die Stirn und setzt die
Brille wieder auf. Dann schüttelt sie den Kopf.
»Kannst du das lesen?« fragt sie.
»Natürlich kann ich«, sagt Katharina.
»Frau Essig auch?«
Katharina nimmt der Tauben-Oma das Heft aus der
Hand. »Weiß ich nicht«, sagt sie. »Ist auch egal. Ist

15

ja nur ein Extra-Aufsatz. Der braucht bestimmt auch nicht so lang zu sein. Jetzt komm endlich, wir müssen noch Wurst kaufen.«

»Hab ich doch schon heute morgen«, sagt die Tauben-Oma und legt den karierten Rock von der Frau Goller sorgfältig zusammen. »Im Kühlschrank liegt sie. Und Kuchen habe ich auch schon gekauft.«

SOMMERSPROSSEN AUF DER GLATZE UND KLABAUTERMANN IM ALTERSHEIM

Im Westend wohnt Onkel Wilhelm. Das ist der Cousin von der Tauben-Oma. Für den ist der Kuchen. Für Katharina und die Tauben-Oma natürlich auch.

Im Westend wohnt aber auch der Klabautermann. Das ist der Hund vom Onkel Wilhelm. Für den ist die Wurst. Grobe Blutwurst, die ißt er am liebsten. Bei jeder anderen Wurstsorte rümpft er die Nase und geht dreimal drum herum. Dann ißt er sie aber doch.

»Verwöhnt ist er«, hat die Tauben-Oma neulich gesagt. »Das gehört sich nicht. Ein anständiger Hund hat alles zu fressen.«

Onkel Wilhelm hat sich gebückt und Klabautermann am Hintern getätschelt. »Er ist doch kein Hausschwein«, hat er gesagt.

Der Klabautermann heißt Klabautermann, weil Onkel Wilhelm früher Kapitän gewesen ist. Na ja, nicht ganz Kapitän, aber sowas Ähnliches. Jedenfalls ist er mit einem großen Schiff in der ganzen Welt herumgefahren. Auf allen sieben Weltmeeren. Und hat den Klabautermann mindestens einmal wirklich gesehen. »Einen grauen Schnurrbart hat er gehabt«, sagt Onkel Wilhelm. »So einen Bart gibt's nur einmal. Deshalb hab ich auch genau gewußt, daß es der Klabautermann höchstpersönlich ist, als ich diesen Hund da gesehen habe.«

»Aber Onkel Wilhelm, wir sind doch in Bayern«, sagt Katharina. »Da gibt's doch keine Klabautermänner. Höchstens Wolpertinger.«

»Das verstehst du nicht«, sagt Onkel Wilhelm. »Solange du nicht alle sieben Weltmeere kennst, verstehst du einen Dreck von der Welt.«

»Dann muß ich wohl Kapitän werden«, sagt Katharina. »Ich will alles verstehen.«

Onkel Wilhelm haut sich auf die Beine und lacht. »So ist es recht, Kathi, man muß früh wissen, was man will.«

Die Tauben-Oma schimpft: »Setz doch dem Kind keine Flausen in den Kopf, du alter Spinner! Sie soll lieber nähen lernen, da hat sie was davon.«

»Nähen ist langweilig«, sagt Katharina. »Da werde ich schon lieber Kapitän.«

Onkel Wilhelm hat eine große Glatze. Eine Nur-Glatze. Kein Haar wächst auf seinem Kopf. Dafür hat er welche in den Ohren und in den Nasenlöchern und auf der Glatze Sommersprossen. Katharina setzt sich auf seinen Schoß und gibt ihm einen Kuß.

»Eins, zwei, drei, vier, fünf, sechs, sieben...« fängt
sie an zu zählen. »Onkel Wilhelm, du hast schon
wieder drei Sommersprossen mehr. Einunddreißig
sind es jetzt.«
Aber er lacht nicht.
Die Tauben-Oma packt den Napfkuchen aus und
stellt ihn auf den Tisch. »Ist es wegen der Woh-
nung?« fragt sie.
Onkel Wilhelm nickt.
»Und man kann gar nichts machen?«
»Nein«, antwortet er. »Heute morgen habe ich den
Brief vom Rechtsanwalt bekommen. Zum neuen
Jahr muß ich endgültig raus.«
Er wischt sich mit der Hand über die Augen.
Katharina gibt ihm noch einen Kuß und hockt sich
dann zu Klabautermann auf den Boden.
Der schläft schon wieder. Erst hat er sie gründlich
begrüßt, ist an ihr hochgehüpft und hat laut gebellt,
dann hat er die Wurst gegessen, und jetzt schläft er
wieder.
»Er ist nicht mehr der Jüngste«, sagt Onkel Wil-
helm.
Katharina kitzelt Klabautermann hinter den Ohren.
Aber der wacht nicht auf. Er streckt sich, rollt sich
auf den Rücken und grunzt im Schlaf.
»Du sollst ihm den Bauch streicheln, heißt das«,

übersetzt Onkel Wilhelm das Grunzen.

»So ein alter Genießer«, sagt die Tauben-Oma.

»Lieber alter Klabautermann«, sagt Katharina. Und streichelt ihm den Bauch.

Die Tauben-Oma kocht Kaffee und deckt den Tisch.

»Ich will die Andenken-Tasse«, sagt Katharina.

Die Tauben-Oma nickt.

Onkel Wilhelm steht auf und geht aufs Klo. Als er zurückkommt, sieht Katharina, daß er rote Augen hat.

»Setz dich, Wilhelm, der Kaffee ist fertig«, sagt die Tauben-Oma.

Onkel Wilhelm rückt seinen Stuhl näher zum Tisch und setzt sich hin. »Dann werd ich wohl doch ins Altersheim müssen«, sagt er und nimmt sich zwei Löffelchen voll Zucker in seinen Kaffee.

»Warum ziehst du nicht einfach um?« fragt Katharina. »Ich bin schon fünfmal umgezogen, sagt die Mama. An dreimal kann ich mich erinnern.«

»Wenn das so einfach wäre«, sagt Onkel Wilhelm. »So eine billige Wohnung find ich nicht mehr. Und eine teure kann ich mir nicht leisten.«

Die Tauben-Oma seufzt. »Ja, ja. Mit uns Alten machen sie, was sie wollen.«

»Mir geht's ja nicht nur um mich«, sagt Onkel

Wilhelm. »Aber was wird aus Klabautermann? Ins Altersheim kann er nicht mit.«

»Die Tauben-Oma kann ihn nehmen«, schlägt Katharina vor und setzt sich an den Tisch. »Die Tauben-Oma hat Platz genug.«

Onkel Wilhelm schüttelt den Kopf. »Er kann sich nicht mehr umgewöhnen, er ist zu alt. Einen alten Baum verpflanzt man nicht.«

Katharina hat auf einmal keinen Hunger mehr auf Napfkuchen. Weil Onkel Wilhelm doch auch ein alter Baum ist.

»Vorgestern haben sie für den Baum am Karolinenplatz ein Stützgestell gebaut«, erzählt sie. »Eine Art Zaun um den Stamm herum bis hinauf zu den Ästen. Damit er nicht umfällt, hat der Mann gesagt.«

»Ja, ja, ein Baum«, sagt Onkel Wilhelm. Dann sagt er nichts mehr.

Die Tauben-Oma brockt ihren Kuchen in den Kaffee und nimmt das Löffelchen. Sie schaut erst Katharina an, dann Onkel Wilhelm, und dann haut sie auf den Tisch, daß Onkel Wilhelm zusammenzuckt.

»Jetzt langt's mir aber«, sagt sie. »Napfkuchen vom Bäcker Körner und solche Gesichter dazu! Bis zum neuen Jahr ist es noch lang hin. Vier Monate. Da werden wir schon eine Wohnung finden.«

22

»Bei uns in der Nähe?« fragt Katharina hoffnungs-
voll.

Die Tauben-Oma nickt. »Ich werd schon was finden. Vielleicht sogar bei uns in der Nähe.«

DAS LIEBE GELD UND EIN RINDVIEH ALS TOCHTER

Katharinas Mutter kommt müde heim. Müder als sonst. Sie läßt sich auf einen Stuhl fallen und zieht ihre Schuhe aus.

»Komm, Kathi, rück mir mal einen Stuhl her, ich muß meine Beine hochlegen.«

Katharina bringt ihr den Küchenhocker, der sonst am Fenster steht. Eine Weile sitzt die Mutter ruhig da, massiert sich nur manchmal ihre Waden und die Knöchel. »Krampfadern werd ich noch kriegen«, sagt sie. »Und Plattfüße.«

Dann steht sie auf und deckt den Tisch. Es gibt nur Brot heute. Aber mit Schinken. Schinken gehört zu den Dingen, die Katharina besonders gern ißt.

Nach dem Essen setzt sich die Mutter an den Tisch und liest Zeitung. Manchmal fallen ihr die Augen zu, und ihr Kopf nickt nach vorn.

»Du hast zuwenig geschlafen«, sagt Katharina.

»Oder zuviel gearbeitet«, sagt ihre Mutter. »Heut war mal wieder der Teufel los. Schlange haben sie gestanden nach Gardinen. Wenn ich in der Lebensmittelabteilung wäre, könnte ich's ja noch verstehen. Aber Gardinen!«

24

»Gardinen braucht man auch«, sagt Katharina. »Damit einem die Leute nicht auf den Teller schauen. Hast du selber gesagt.«

»Schon«, sagt ihre Mutter. »Aber warum kaufen so viele Leute an einem ganz gewöhnlichen Mittwoch Gardinen? Kannst du mir das sagen? Den ganzen Tag rennen, und nur wegen Gardinen!«

»Geh doch öfter mal aufs Klo«, schlägt Katharina vor. »Das mach ich auch immer, wenn's mir in der Schule zuviel wird.«

Die Mutter versucht zu lachen.

»Mama«, sagt Katharina, »geh ins Bett. Ich koch dir auch einen Tee.«

Die Mutter nickt und geht in ihr Zimmer.

Katharina holt die Teekanne aus dem Schrank und betrachtet unschlüssig die Tassen. »Mama«, ruft sie laut. »Bist du heute in Katzen-, Hühner- oder Blumenlaune?«

»In keiner«, ruft die Mutter zurück. »Ich bin einfach müde.«

Katharina nimmt die Tasse mit dem aufgemalten Huhn und stellt sie auf das Tablett. Dazu die Zuckerdose und ein Löffelchen. Dann brüht sie den Tee auf.

Vorsichtig trägt sie das Tablett in das Zimmer ihrer Mutter und stellt es auf den Hocker neben dem Bett.

»Ein hervorragender Service«, sagt die Mutter.

»Willst du vielleicht Zwieback dazu?« fragt Katharina. »Oder ein Stück Schokolade? Ich habe noch welche. Von der Tauben-Oma.«

»Zwieback«, sagt die Mutter.

Katharina holt den Zwieback. Sie gießt Tee ein und hält ihrer Mutter die Tasse hin. »Ich hab die Hühnertasse genommen«, erklärt sie. »Weil man aus Hühnerfedern Bettdecken macht. Nicht schlecht, gell?«

Die Mutter nickt. Sie rutscht ein bißchen höher, damit sie die Tasse besser halten kann.

»Heiß«, sagt sie und schlürft. »Aber gut.«

Katharina setzt sich auf den Bettrand. »Jetzt bist du ganz schön froh, daß du mich hast, gell?«

Die Mutter stellt die Tasse zurück auf den Hocker-Nachttisch und nimmt Katharina in den Arm.

»Ich bin immer ganz schön froh, daß ich dich habe«, sagt sie und gibt ihr einen Kuß. »Meistens jedenfalls.«

Katharina kuschelt sich an ihrer Mutter zurecht und nimmt einen Zwieback. »Die Tauben-Oma wäre bestimmt auch froh, wenn sie eine Tochter hätte«, sagt sie.

Die Mutter krault Katharina im Nacken. »Bestimmt.«

»Und Onkel Wilhelm erst«, sagt Katharina. »Er muß ins Altersheim, weil er keine Tochter hat.«
Die Mutter rutscht noch höher und läßt Katharina los. »Nein«, sagt sie. »Er muß ins Altersheim, weil er nicht genug Geld hat.«
Katharina denkt nach. Sie nagt mit hochgezogenen Lippen an dem Zwieback. Wie ein Kaninchen. Das knirscht so schön.
»Aber wenn er eine Tochter hätte, könnte er bei der wohnen. Dann müßte er nicht ins Altersheim.«
»Vielleicht«, sagt die Mutter. »Vielleicht auch nicht. Seine Tochter könnte keinen Platz haben. Oder in Amerika wohnen. Oder ihn nicht bei sich haben wollen.«
»Das glaub ich nicht«, sagt Katharina. »Er wäre bestimmt ein sehr netter Opa. Meinst du nicht?«
»Wahrscheinlich schon«, sagt die Mutter. »Aber das spielt jetzt keine Rolle. Daß er ins Altersheim muß, daran ist das Geld schuld. Weil er nämlich keins hat für eine andere Wohnung.«
Katharina nimmt sich einen neuen Zwieback. »Die Tauben-Oma hat auch nicht viel. Sie muß nähen, damit es langt.«
»Dieses verdammte Geld«, sagt die Mutter und legt wieder den Arm um Katharina.
»Die Tauben-Oma sagt: das liebe Geld.«

»Wenn man's hat, ist es vielleicht lieb«, sagt die Mutter. »Das weiß ich nicht so genau.«

»Wenn ich groß bin«, sagt Katharina, »dann brauchst du überhaupt nicht mehr in den Kaufhof zu gehen. Nur noch, wenn du einkaufen willst. Dann verdiene ich viel Geld und geb's dir.«

»Was willst du denn werden?« fragt die Mutter.

»Kapitän. Hast du das vergessen? Oder Lehrerin, das ist auch möglich. Dann kann ich immer allen sagen, was sie machen sollen.«

Die Mutter grinst. »Da bin ich ja mal gespannt. Es ist noch gar nicht so lange her, da hast du Eisverkäufer werden wollen.«

»Das hab ich mir abgewöhnt«, sagt Katharina.
»Höchstens noch, wenn's sehr heiß ist. Aber von
morgens bis abends Eis ist langweilig. Bei mir muß
jeden Tag was anderes passieren.«
Jetzt ist die Mutter gar nicht mehr müde. »Bei mir
passiert auch jeden Tag was anderes«, sagt sie.
»Montags will eine blonde Frau karierte Gardinen.
Dienstags eine rothaarige gestreifte Gardinen. Mitt-
wochs eine schwarze gepunktete Gardinen. Don-
nerstags eine braune gesprenkelte Gardinen. Frei-
tags eine grauhaarige getupfte Gardinen und...«
»Und samstags«, sagt Katharina, »kommt die Frau
mit den karierten Haaren und der gesprenkelten
Nase und will rosa Gardinen mit grünen Elefanten.«
Die Mutter lacht. »So ähnlich.«
»Weißt du was?« sagt Katharina. »Ein einziger
Beruf ist zuwenig für mich. Ich such mir einen
Montagberuf, einen Dienstagberuf, einen Mitt-
wochberuf und so weiter.«
»Und sonntags?« fragt ihre Mutter.
»Sonntags werde ich Schmuser«, sagt Katharina.
»Darf ich heute nacht bei dir schlafen?«
»Von mir aus.«
Katharina springt auf und holt sich ihren Schlafan-
zug aus ihrem Zimmer.
So schnell ist sie sonst nicht ausgezogen.

»Eine viertel Portion bist du«, sagt die Mutter, als Katharina nackt vor ihr steht. »Ein kleines, mageres Hühnchen. Nicht fett genug für eine Suppe.«

»Du sollst mich auch nicht kochen«, sagt Katharina und schlüpft in ihren Schlafanzug. »Liebhaben sollst du mich. Komm, laß mich unter die Decke.«

Die Mutter wischt mit der Hand über das Laken. »Zum Liebhaben sollten wir erst mal die Krümel aus dem Bett kriegen. Kathi, du bist ein Ferkel.«

»Gerade war ich noch ein Huhn«, sagt Katharina. »Und jetzt ein Ferkel.« Sie hebt den Hintern hoch, damit ihre Mutter die Zwiebackbrösel wegwischen kann. »Manchmal glaub ich fast, du hättest lieber einen Zoo als eine Tochter.«

»Schaf!« sagt die Mutter.

»Siehst du?« Katharina läßt sich wieder auf das Bett fallen. »Drei Tiere in fünf Minuten. Fällt dir nicht noch eins ein?«

Die Mutter runzelt die Stirn. »Laß mich mal nachdenken«, sagt sie. »Ja, Rindvieh! Weißt du was? Ich glaube, ich hätte lieber einen Bauernhof als einen Zoo.«

Von Weckern, Hunden und einem Federbett

Katharina schläft immer gut. Am allerbesten schläft sie morgens, wenn sie aufstehen soll. Da will sie überhaupt nicht wach werden.

Ihre Mutter schüttelt sie. »Aufstehen, Kathi! Es ist schon viertel nach sieben.«

Katharina schüttelt sich. »Und wenn ich aufstehe, ist es auch nicht früher. Was hast du gegen viertel nach sieben?«

Ihre Mutter zieht unten an der Decke, Katharina zieht oben. Die Mutter ist stärker.

»Du kommst zu spät, wenn du nicht *sofort* aufstehst«, sagt sie böse.

Daß man ›sofort‹ so aussprechen kann! Sonst ist es doch ein ganz normales Wort.

Aber ohne Decke ist es im Bett nicht mehr schön. Und die Decke ist bei der Mutter im Arm. Und die Mutter steht am Fußende des Bettes und ist sauer und sagt: »Jeden Morgen dieses Theater mit dir.«

Sie sagt auch noch, daß es ihr zum Hals raushängt.

Also steht Katharina auf.

Sie geht ins Badezimmer und läßt das Wasser laufen,

während sie sich anzieht. Manchmal fällt ihre Mutter darauf rein.

Es klappt. Kein Mutter-Kopf in der Tür, keine vorwurfsvolle Mutter-Stimme: Du sollst dich doch waschen, Kathi. Vielleicht ist es auch wirklich schon so spät, daß sie Katharina lieber ungewaschen gehen läßt.

Hauptsache, sie geht endlich.

Die Mutter trinkt morgens Kaffee und ißt Marmeladebrot. Katharina trinkt Kakao und ißt Quarkbrot mit Zucker. Ganz weichen Quark mag sie am liebsten.

»Der rutscht so schön«, sagt sie. »Man braucht sich nicht anzustrengen.«

»Beeil dich«, sagt ihre Mutter. »Laß es schneller rutschen.«

Sie hilft Katharina, den Anorak anzuziehen. Knallrot ist er und fast neu. Katharina hätte lieber einen dunkelblauen gehabt, dunkelblau ist zur Zeit ihre Lieblingsfarbe. Aber die Mutter wollte den roten.

»Damit man dich besser sieht«, hat sie gesagt. »Im Winter ist es morgens noch nicht richtig hell, wenn du in die Schule gehst. Da fällt Rot mehr auf.«

»Was, du gehst schon in die Schule?« hat die Verkäuferin gefragt und Katharina erstaunt angeschaut. Eine blöde Kuh ist das gewesen, diese Verkäuferin.

Katharina hat ihr nicht geantwortet. Sie hat sich gereckt und den roten Anorak genommen. Obwohl sie lieber einen blauen gehabt hätte.

»Katharina, wach auf!« sagt die Mutter und hält ihr den Ranzen hin. Sie schüttelt den Kopf. »Es gibt Leute, die können im Stehen schlafen«, sagt sie. »Früher hab ich mir das gar nicht vorstellen können.«

Sie gibt Katharina noch einen Wenn-du-jetzt-nicht-gehst-platz-ich-Kuß und schiebt sie zur Tür hinaus. »Paß auf der Straße auf!«

In der Kepplerstraße rennt Katharina. Da ist auch nichts los, da steht nur ein Haus neben dem anderen. Aber an der Ecke muß sie links abbiegen in die Staufenstraße. Die ist schön. Gleich im ersten Haus wohnt ein Schäferhund. Der bellt immer, wenn Katharina vorbeigeht. Sehr laut und sehr tief ist seine Stimme. Doch Katharina hat keine Angst, denn er bellt ja nur aus Freude darüber, daß er sie sieht. Wie verrückt springt er immer wieder am Zaun hoch.

»Ja, ich weiß«, sagt Katharina. »Du freust dich. Aber ich habe keine Zeit. Ich bin spät dran.«

Der Schäferhund bellt immer noch, auch als sie schon am nächsten Haus ist. Dann hört er auf.

Drei Häuser weiter, in dem Haus mit dem weißen

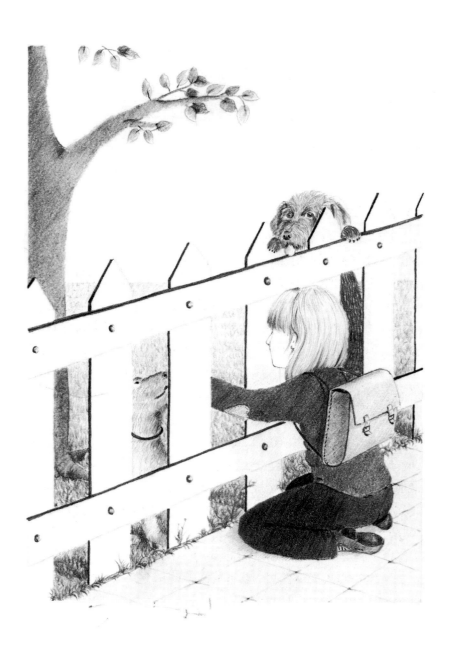

Gartenzaun, wohnen zwei Hunde. Ein großer gelber und ein kleiner schwarzer. Was für eine Rasse die sind, kann man nicht genau sagen. »Drehorgelpinscher«, hat die Tauben-Oma gesagt. Sie sind aber sehr lieb. Der große Drehorgelpinscher steht am Zaun und wedelt mit dem Schwanz.

»Hallo«, sagt Katharina. »Wie geht's?«

Er versucht vergeblich, seine dicke Schnauze durch die Latten zu schieben.

»Gib dir keine Mühe«, sagt Katharina. »Ich hab sowieso keine Zeit.«

Vom Haus her kommt mit erwartungsvoll gerecktem Kopf der kleine Drehorgelpinscher. Katharina winkt ihm nur zu und geht weiter.

Aber am Eckhaus muß sie stehenbleiben. Da wohnt Hasso. Hasso ist Katharinas besonderer Freund. Und Hasso steht schon da und wartet.

»Wie geht's dir heute?« fragt Katharina und schiebt ihre Hand durch den Zaun. Er drückt seine Schnauze in ihre Handfläche, leckt ihre Finger, schaut sie an. So redet er mit ihr. Katharina versteht immer, was er sagen will.

»Wie geht's?« fragt sie nochmal.

»Es geht so«, sagt er. »Du weißt ja, wie das ist, wenn man den ganzen Tag mit kaum jemand reden kann. Keine Kinder im Haus und nichts.«

»Ja«, sagt Katharina. »Das kenne ich gut von früher. Jetzt hab ich die Tauben-Oma.«

Hasso läßt den Kopf hängen. »Und ich hab gar niemand.« Traurig sieht er aus.

»Du solltest dir Kinder anschaffen«, empfiehlt Katharina. »Dann wäre es dir bestimmt nicht so langweilig.«

Hasso nickt. »Da hast du recht. Aber das geht nicht. Kein Hund kann allein Kinder kriegen.«

Katharina krault ihn unter dem Halsband. »Hasso, ich muß jetzt rennen. Aber nach der Schule komme ich wieder vorbei. Bestimmt.«

Hasso schaut ihr nach.

In der Hartungstraße rennt Katharina wieder. Da ist auch nichts los, da ist nur die Schule.

Atemlos kommt sie an. Der Schulhof ist leer, alle Kinder sind schon in ihren Klassenräumen. Katharina nimmt sich fest vor, am nächsten Morgen sofort aufzustehen. Gleich, wenn die Mutter das erstemal ruft. Morgen bestimmt. Beim allerersten Mal. Aber heute hilft der Vorsatz nichts mehr.

Katharina wartet einen Moment am Schultor, dann steigt sie die Treppe hinauf. Ihre Knie zittern. Ich bin zu schnell gerannt, denkt sie. Morgen stehe ich sofort auf.

Im Klassenzimmer ist es ganz still.

36

Katharina macht die Tür auf. Frau Essig sitzt am Tisch und korrigiert Hefte. Die Kinder haben Rechenblätter vor sich liegen.

Frau Essig-sauer hebt die Hand mit dem Füller. »Das ist schon das zweite Mal in dieser Woche«, sagt sie.

Katharina wird es heiß, unangenehm heiß. Besonders im Gesicht.

»Hast du eigentlich keinen Wecker?« fragt Frau Super-Essig-sauer.

»Bei uns ist das so«, sagt Katharina. »Meine Mutter hat einen Wecker, und ich habe meine Mutter.«

Die Kinder lachen, und Frau Essig lacht auch. Erleichtert lacht Katharina mit.

»Ich brauche keinen Wecker«, ruft Benjamin. »Ich brauche auch keine Mutter. Ich habe einen Hund. Der leckt mich morgens so lange, bis ich wach bin.«

»Igitt!« ruft Petra. »Im Gesicht?«

»Natürlich«, sagt Benjamin. »Wo denn sonst? Am Hintern vielleicht?«

Katharina hängt schnell ihren Anorak auf und setzt sich an ihren Platz. Frau Essig bringt ihr ein Rechenblatt. »Jetzt arbeitet weiter«, sagt sie. »Die Stunde ist bald um.«

In der Pause geht Katharina zu Benjamin.

»Mein Onkel Wilhelm hat einen Hund, der heißt

Klabautermann«, sagt sie. »Wie heißt deiner?«
»Flipper«, sagt Benjamin. »Weil er immer so rumflippt. Aber Klabautermann ist ein komischer
Name. Und so lang. Warum heißt er so?«
»Weil mein Onkel Kapitän gewesen ist. Und einmal, bei einem großen Sturm, hat ihm ein Klabautermann, ein richtiger, das Leben gerettet. Die
Wellen sind höher als das Schiff gewesen, und man
hat seine Hand nicht mehr vor den Augen gesehen.
So ein Sturm war das. Onkel Wilhelm ist von der
Schaukelei aus dem Bett gefallen. Er wollte sich
anziehen und auf Deck gehen, da war seine Kapi-
tänshose verschwunden. Und in der Unterhose
konnte er nicht raufgehen, weil er doch der Kapitän
war. So etwas geht nicht. Er hat fast geheult vor
Verzweiflung. Da ist der Klabautermann gekommen und hat ihm so viele Algen um seine Beine
gehängt, daß kein Mensch mehr die Unterhose
sehen konnte. So ist Onkel Wilhelm hinaufgegan-
gen, hat das Ruder in die Hand genommen und sein
Schiff vor dem Untergang gerettet.«
Benjamin schaut Katharina zweifelnd an. »Glaubst
du das?«
»Nicht so ganz«, gibt Katharina zu. »Aber Onkel
Wilhelm schwört, daß es genau so war.«
Benjamin lacht. »Aber den Hund gibt's wirklich?«

»Ja«, sagt Katharina. »Deinen auch?«

Benjamin nickt. »Du kannst ja mal kommen und ihn dir anschauen.«

»Wie groß ist er denn?« fragt Katharina.

Benjamin bückt sich und hält seine flache Hand ein Stück über den Boden. »Nicht besonders groß«, sagt er. »So! Ungefähr wie ein Hase.«

»Bloß so klein?« fragt Katharina. »Ich kenne einen Hund, der ist so groß wie ich. Der ist mein Freund.«

»So groß wie du?« sagt Benjamin erstaunt und betrachtet sie von oben bis unten. »Na ja, ein Kunststück ist das nicht.«

Katharina kann solche Blicke nicht ausstehen, und Leute, die sie so anschauen, erst recht nicht. Auch den Benjamin nicht.

Ein doofer Angeber ist das, denkt sie, dreht sich um und geht weg.

Benjamin läuft ihr nach. »Sei doch nicht gleich beleidigt«, sagt er. »Schließlich bin ich auch nicht besonders groß.«

Katharina schaut ihn an. Von oben bis unten und von unten bis oben.

Vielleicht ist er doch nicht so doof.

»Aber größer als ich«, sagt sie.

Benjamin sieht so aus, als würde er am liebsten nochmal ›das ist kein Kunststück‹ sagen. Aber dann

rempelt er sie bloß an und sagt: »Dafür kannst du besonders gut rennen. Los, fang mich!«
Katharina überlegt, ob sie noch einmal beleidigt sein soll. Aber die Pause ist bald um. Und sie rennt auch sehr gern.

KATHARINA ALS DORNRÖSCHEN UND FRISCHE LUFT (ABER NUR FÜR KINDER)

»Das neue Haus in der Hartungstraße ist fast fertig« sagt Katharina, als sie mittags heimkommt. »Die haben jetzt ein Schild drangemacht: Zu vermieten. Unten sind zwei Läden, aber obendrüber, das sieht aus wie Wohnungen.«

»Ach das«, sagt die Tauben-Oma. »Nein, das ist nichts. Das sind Büroräume, keine Wohnungen.«

Katharina ist enttäuscht. »Schade. Sogar ein bißchen Garten ist drum herum. Das würde dem Klabautermann auch gefallen, wenn er einen Garten hätte.«

»Viele Sachen wären schön, wenn«, brummt die Tauben-Oma. »Wenn nicht immer das verdammte ›wenn‹ wäre. Es wäre auch schön, wenn du deinen Anorak gleich aufhängen würdest, ohne daß ich es dir immer sagen muß. Oder wenn du ordentlicher schreiben würdest. Oder wenn du den Tisch decken würdest.«

Katharina hängt ihren Anorak auf und deckt den Tisch. »Hast du was?« fragt sie. »Bist du grantig?«

»Nein«, sagt die Tauben-Oma und stellt die Kartoffeln auf den Tisch. »Der Rock von Frau Goller schlägt Falten am Hintern.«

Beim Essen ist sie wieder normal. Und nach dem Essen schickt sie Katharina an die frische Luft. »Immer zu Hause rumsitzen, das ist doch nichts für ein Kind«, sagt sie.

Katharina hat keine Lust rauszugehen.

»Ihr Erwachsenen habt es dauernd mit der frischen Luft«, klagt sie. »Morgens, mittags und abends frische Luft. Aber nur, wenn's um Kinder geht. Selber bleibt ihr nämlich ganz gemütlich daheim in der Wohnung.«

»Ich bin auch nicht so blaß wie du«, sagt die Tauben-Oma.

Das stimmt. Sie hat nicht nur rote Backen, sie hat überhaupt ein rotes Gesicht.

»Ich denke, das kommt von deinem Blutdruck«, sagt Katharina. »Außerdem war ich früher noch viel blasser, obwohl ich da jeden Tag an der frischen Luft gewesen bin. Und krank war ich auch dauernd. Bin ich dieses Jahr etwa schon einmal krank gewesen? Außer den Windpocken an Ostern? Und die kriegt jeder mal, hast du selbst gesagt.«

Die Tauben-Oma breitet ein Stück Stoff auf der Nähmaschine aus. »Du kannst dem Teufel ein Loch in den Bauch reden, Kathi. Trotzdem gehst du noch raus. Gibt es denn wirklich kein einziges Mädchen in deiner Klasse, das du mal besuchen könntest?«

Katharina schüttelt den Kopf. »Weiß ich nicht. Hat mich noch niemand gefragt.«

»Du könntest ja auch mal fragen«, sagt die Tauben-Oma. »Statt immer nur zu warten, bis einer kommt. Genau wie Dornröschen. Dabei kannst du alt und grau werden.«

Katharina zögert. »Es gibt einen Jungen, der hat gesagt, ich soll ihn mal besuchen.«

»Meinetwegen auch ein Junge«, sagt die Tauben-Oma. »Ich bin ja nicht so. Wie heißt er denn?«

»Benjamin. Aber er nervt mich.«

»Warum denn?«

»Er redet immer nur von seinem Hund. Dabei ist der viel zu klein, als daß man groß über ihn reden könnte. So klein.«

Katharina zeigt, wie klein.

»So klein sind nur Mäuse«, sagt die Tauben-Oma. »Oder Ratten. Aber bestimmt keine Hunde.«

»Vielleicht doch ein bißchen größer«, gibt Katharina zu. »Aber höchstens ein paar Zentimeter.«

»Du bist auch nicht groß, und man kann ganz gut über dich reden«, sagt die Tauben-Oma und fängt an zu nähen. »Wo wohnt er denn, der Benjamin?«

»In der Theodor-Fontane-Straße.«

43

»Du kannst ja mit dem Fahrrad fahren«, schlägt die Tauben-Oma vor.

»Mein Rad hat einen Platten. Am Sonntag wollen wir's reparieren.«

»Zu Fuß brauchst du auch nicht mehr als eine Viertelstunde. Das kann dir nicht schaden.«

Katharina bleibt sitzen.

»Oder hast du Angst?« fragt die Tauben-Oma.

»Vor dem doch nicht«, sagt Katharina.

»Dann kannst du ja ruhig gehen.«

Katharina nimmt ihren Anorak.

Sie geht bei Hasso vorbei, aber der ist nicht im Garten. Sie wartet. Aber nur am Zaun stehen und warten ist langweilig, deshalb läuft sie zum Karolinenplatz. Sie bleibt an dem Baum mit dem Stützgestell stehen und betrachtet ihn lange. Sie denkt an Onkel Wilhelm. Und an die Wohnung, die er dringend braucht, damit er nicht ins Altersheim muß.

Ein Gespräch mit der Tauben-Oma fällt ihr ein.

»Was ist denn ein Altersheim?« hat sie die Tauben-Oma gefragt.

»Ein Haus, wo nur alte Leute wohnen.«

»Und warum findest du das so schlimm?«

»Das verstehst du noch nicht«, hat die Tauben-Oma gesagt. »Wenn man krank ist und nichts mehr machen kann, dann ist das was anderes. Aber solange man seinen Haushalt allein versorgen kann, find ich's schlimm. Keine zehn Pferde würden mich da reinkriegen.«

Dann hat sie von was anderem geredet.

Katharina steckt ihre Hand durch das Gestell und streichelt die rauhe Baumrinde.

»Na, Kleine, jetzt kann man nicht mehr raufklettern, was?« fragt ein Mann und tätschelt ihr den Kopf.

Katharina weicht aus. »Finger weg!« sagt sie. »Das mag ich nicht. Einfach anfassen! Ich bin doch keine Tomate auf dem Obstmarkt.«

Der Mann schaut sie verblüfft an.

»Und die dürfen Sie auch nicht einfach anfassen«, sagt Katharina.

»Also sowas!« Der Mann schüttelt den Kopf. »Das ist mir auch noch nicht passiert. Ich hab doch nur freundlich sein wollen.«

»Trotzdem«, sagt Katharina.

Der Mann geht kopfschüttelnd weiter.

Katharina wartet noch ein bißchen, dann geht sie den Weg zurück. Jetzt sieht sie Hasso ganz hinten im Garten. Er kommt sofort, als sie ihn ruft.

»Ich soll zu Benjamin gehen«, erzählt Katharina.

Hasso nickt und wedelt mit dem Schwanz.

»Du hast gut reden«, sagt Katharina. »Einfach in ein

fremdes Haus soll ich gehen. Dabei kann ich fremde Häuser nicht ausstehen. Und vor einer ganz fremden Tür stehen und klingeln. Wenn ich wenigstens wüßte, ob Benjamin die Tür selbst aufmacht. Aber wahrscheinlich ist es seine Mutter. Die schaut mich dann von oben bis unten an und ist sehr, sehr fremd.«

Hasso wiegt seinen dicken Kopf hin und her.

»Ja, ja«, sagt Katharina. »Es ist nicht leicht. Aber wenn ich nicht hingehe, denkt die Tauben-Oma, ich hätte Angst.«

Hasso bellt und richtet sich am Zaun auf. Jetzt ist er wirklich so groß wie Katharina.

»Das stimmt«, sagt Katharina. »Wenn du nur mitgehen könntest. Dann hätte ich bestimmt keine Angst.«

Sie streichelt Hasso und hält ihm ihr Gesicht hin.

»Vielleicht ist Benjamin im Garten und du mußt gar nicht klingeln«, sagt Hasso.

»Vielleicht«, sagt Katharina. »Also, ich geh jetzt.«

Hasso bellt ihr nach. Ganz leise und freundlich.

Katharina dreht sich um. »Ja«, sagt sie. »Bis morgen. Tschau, Hasso.«

WOHNGEMEINSCHAFT UND GEMÜSESUPPE OHNE SPECK (DAFÜR MIT KRACH)

Katharina kommt der Weg zur Theodor-Fontane-Straße ziemlich weit vor. Er zieht sich wie ein Gummiband. »Nummer eins«, hat Benjamin gesagt. »Ganz leicht zu merken. Das erste Haus und das schönste.«

Dann steht Katharina vor dem schmiedeeisernen Gartentor und wäre am liebsten wieder umgekehrt. Nur wegen der Tauben-Oma bleibt sie stehen. Das Haus ist halbverdeckt von hohen Bäumen, man kann nicht viel erkennen. Efeu bis zum zweiten Stock, ein offenes Fenster.

Und Benjamin ist natürlich nicht im Garten.

Unter einer Tanne sitzt in einem Sandkasten ein sehr kleines Kind, und drum herum hüpft ein noch viel kleinerer Hund. Benjamins Hund wahrscheinlich.

Katharina gibt sich einen Ruck. Dem Tor auch. Es geht ganz leicht auf.

Am Sandkasten bleibt sie stehen. »Hallo«, sagt sie zu dem kleinen Kind.

Das schaut hoch, sagt nichts und wühlt weiter mit einer Blechtasse im Sand herum.

Der kleine Hund springt an Katharina hoch und wedelt mit dem Schwanz. Katharina kauert sich zu ihm hin und streichelt ihn. Plötzlich bleibt er still stehen, bewegt seine Ohren und rast wildkläffend auf das Haus zu. Aus einem Blumenbeet fliegen zwei Vögel auf.

»Da«, sagt das kleine Kind und deutet auf die Vögel.

»Wo ist der Benjamin?« fragt Katharina.

Das kleine Kind schaut sie an und lächelt. Es hält ihr eine Tasse voll Sand hin und sagt wieder: »Da.«

Katharina nimmt die Tasse. Das Kind streckt die Hand aus, Katharina gibt ihm die Tasse zurück.

Sie steht auf und geht auf das Haus zu. Eine schmale Treppe führt zu einem überdachten Eingang. Katharina steigt die Treppe hinauf. Oben, auf dem Absatz, stehen mindestens zehn Paar Schuhe. Gummistiefel und Turnschuhe. Die Haustür ist offen, Katharina kann in den Flur schauen. Unschlüssig bleibt sie stehen. Dann entdeckt sie neben dem Türrahmen eine Klingel, über der eine Efeuranke hängt.

Sie streckt die Hand aus.

Eine Frau in Jeans und einem viel zu großen Männerhemd kommt aus einer Tür und fragt: »Zu wem willst du denn?«

Katharina hat einen dicken Kloß im Hals. Sie muß

erst schlucken, dann fragt sie: »Ist der Benjamin da?«

»In seinem Zimmer, glaub ich«, sagt die Frau und will die Tür wieder zumachen.

»Wo?« fragt Katharina und schluckt noch einmal. »Ich meine, wo ist sein Zimmer?«

»Ach so, du warst noch nie hier«, sagt die Frau und macht eine Handbewegung zum Flur hin. »Die Treppe rauf und die zweite Tür rechts.«

Sogar sein Name steht an der Tür: *Benjamin.* Und: *Eintritt verboten. Vorher anklopfen.*

Katharina klopft an.

»Kannst reinkommen«, ruft Benjamin von innen.

Sie macht die Tür auf.

Benjamin sitzt mitten im Zimmer an einem großen Tisch und malt mit Wasserfarben an einem Bild.

»Ach, du bist's«, sagt er.

Katharina sagt gar nichts.

»Komm schon rein«, sagt Benjamin. »Ich will nur schnell das Bild fertigmachen. Jakob hat morgen Geburtstag, da will ich es ihm schenken. Gefällt es dir?«

Auf dem Bild sind Bäume und viele Vögel, große und kleine. Und sehr bunt. »Weil er Vögel so gern hat«, erklärt Benjamin. »Er weiß alles über sie, das ist sein Beruf. Ornithologe heißt das.«

49

Katharina setzt sich auf einen zweiten Stuhl an der anderen Seite vom Tisch.

»Malst du auch gern?« fragt Benjamin und tupft einem Vogel blaue Farbe auf den Kopf.

»Manchmal«, sagt Katharina. »Ist das draußen dein Hund, der kleine graue?«

»Ja, das ist Flipper.«

»Und das Kind im Sandkasten? Ist das dein Bruder?«

Benjamin schüttelt den Kopf. »Nein, das ist Dorian.«

»Ein komischer Name«, sagt Katharina. »Den hab ich noch nie gehört.«

»Eigentlich heißt er Theodor«, sagt Benjamin. »Aber alle rufen ihn Dorian.«

Katharina beugt sich vor, um Benjamins Bild besser zu sehen. »Gegen seinen Namen kann man nichts machen«, sagt sie. »Ich zum Beispiel. Du glaubst gar nicht, wie oft Leute schon über mich gelacht haben, weil ich Katharina heiße. Und es irgendwann einmal eine Katharina die Große gegeben hat.«

»Das hat deine Mutter ja nicht wissen können, daß du nicht wächst«, sagt Benjamin.

Er wäscht die blaue Farbe aus seinem Pinsel und taucht ihn dann in Rot. Einem Vogel malt er einen roten Hals, einem anderen einen roten Schwanz.

»Rotkehlchen und Rotschwänzchen«, sagt er. »Ich weiß nicht genau, wie die aussehen. Aber ich hab sie so bunt gemalt, wie sie heißen. Schau, Blaumeise, Goldammer, Grünfink und ein schwarzer Rabe.«

»Ich find das Bild toll«, sagt Katharina.

Benjamin macht seinen Pinsel sauber und klappt den Farbkasten zu. »Fertig. Gehen wir in den Garten?«

Auf der Treppe fragt Katharina. »Die Frau unten, ist das deine Mutter?«

»Nein, das ist Biggi. Meine Mutter kommt erst abends, die arbeitet.«

»Meine auch«, sagt Katharina. »Ich bin mittags immer bei der Tauben-Oma. Ist Biggi deine Tante?«

Benjamin schüttelt den Kopf. »Hast du denn noch nicht mitgekriegt, daß ich in einer WG wohne?«

»Weegee? Was ist das?« fragt Katharina.

»Wohngemeinschaft«, sagt Benjamin. »Ich hab gedacht, du weißt das. Alle in der Klasse wissen es. Am Anfang haben sie dauernd darüber geredet. Komm erst mal mit, ich hab Durst.«

Katharina sagt nichts mehr. Sie hüpft auf einem Bein die letzten Stufen hinunter.

Unten im Flur macht Benjamin eine Tür auf. »Das ist die Küche«, sagt er.

Die Frau, die Biggi heißt und ein viel zu großes

Hemd anhat, steht am Herd und rührt in einem Topf.

»Ist Milch da?« fragt Benjamin.

Biggi dreht sich um. »Warum schaust du nicht im Kühlschrank nach? Und gib mir gleich den Speck.«

Benjamin öffnet den Kühlschrank. Einen Riesen-kühlschrank. Er nimmt eine Tüte Milch heraus und stellt sie auf den Tisch. »Den Speck«, sagt Biggi.

»Ist keiner da«, sagt Benjamin.

»Mach doch die Augen auf!« sagt Biggi.

Benjamin sucht. »Es ist wirklich keiner da.«

Biggi läßt den Kochlöffel los und geht zum Kühl-schrank. Aber Speck findet sie auch nicht.

»Verdammter Mist«, sagt sie. »Und ich habe gestern extra welchen gekauft. Hast du ihn etwa gegessen, Benjamin?«

»Nein, hab ich nicht.«

»Was hast du denn auf deinem Pausenbrot gehabt?«

»Käse«, sagt Benjamin. »Ich hab den Speck gar nicht gesehen. Bestimmt nicht.«

Biggi geht wieder zum Herd. »Immer dasselbe«, schimpft sie. »Wenn man was zum Kochen braucht, hat's ein anderer schon aufgefressen.«

»Was gibt's heute abend?« fragt Benjamin und gießt Milch in eine Tasse. Er hält Katharina die Tüte hin, aber sie schüttelt den Kopf.

Biggi schneidet Karotten in den Topf. »Gemüsesuppe«, sagt sie. »Ohne Speck.«

»Dafür aber mit Krach«, sagt Benjamin. Er nimmt einen Apfel aus einem Korb am Fenster und gibt Katharina auch einen.

»Nimm doch eine Banane für Dorian mit«, sagt Biggi. »Und paß auf, daß er sie nicht gleich wieder in den Sand schmeißt.«

Benjamin und Katharina gehen hinaus und setzen sich auf die Holzeinfassung vom Sandkasten. Benjamin schält die Banane und drückt sie Dorian in die sandverklebte Hand. »Da, du kleines Dreckschwein! Stopf dich voll, damit du schneller groß wirst«, sagt er.

»Was ist eine Wohngemeinschaft?« fragt Katharina.

»Wenn Leute zusammenwohnen. Mit einer gemeinsamen Küche und so.«

»Ich wohne auch mit meiner Mutter zusammen, und wir haben eine gemeinsame Küche.«

»Mensch, sei nicht so blöd!« sagt Benjamin. »Du und deine Mutter, ihr seid doch eine Familie. Wohngemeinschaft heißt es nur, wenn die Leute nicht verwandt sind.«

Flipper kommt laut kläffend um die Hausecke gejagt und rast auf den Sandkasten zu. Mit einem Satz ist er mittendrin und überkugelt sich.

»Siehst du, deshalb heißt er Flipper«, sagt Benjamin. »Weil er immer so rumflippt.«

Katharina lacht und zeigt auf Dorian. »Und die Banane liegt doch wieder im Sand.«

»Dorian, du bist wirklich das größte Ferkel, das es gibt«, sagt Benjamin, wischt den Sand von der Banane und gibt sie ihm wieder.

Dorian brabbelt irgendwas.

»Warum sagt er nichts?« fragt Katharina.

»Weil er noch nicht reden kann, darum. Aber kreischen kann er hervorragend. Wie ein Schwarm Nebelkrähen, sagt Jakob immer. Willst du schaukeln?«

Katharina nickt. Benjamin steht auf und klopft sich den Sand vom Hosenboden. Katharina geht ihm nach zum hinteren Teil des Gartens.

»Dort im übernächsten Haus wohnt Beate«, sagt Benjamin. »Die kommt oft rüber spielen. Und Patrick wohnt auch nicht weit.«

»Du hast's gut«, sagt Katharina. »Bei mir wohnt gar kein Kind aus unserer Klasse. Kein einziges.«

»Du kannst ja zu uns kommen, wenn du willst«, sagt Benjamin.

Die Schaukel hängt an einem Nußbaum.

»Walnüsse«, sagt Benjamin stolz. »Und dieses Jahr trägt er richtig. Letztes Jahr waren fast keine dran.«

Katharina bückt sich und hebt eine Nuß auf.

»Du kannst dir später welche mitnehmen«, sagt Benjamin. »Komm schaukeln, wir passen zu zweit drauf.«

Sie schaukeln hoch, so hoch wie es geht, wenn man zu zweit auf einem Brett sitzt. Dann hören sie auf mit Schwungnehmen und lassen sich einfach hin- und herfliegen. Sie sitzen sehr dicht nebeneinander. Jeder greift mit einer Hand am Rücken des anderen vorbei zum Strick. Eine Superschaukel ist das.

»Warum machen die Leute das, zusammenwohnen?« fragt Katharina.

»Weil's praktisch ist«, antwortet Benjamin. »Billiger mit der Miete und so.«

»Mein Onkel Wilhelm sucht eine Wohnung«, sagt Katharina. »Eine billige.«

Benjamin springt vom Brett. »Da kann er lange suchen. Wir haben ein Jahr gebraucht. Komm, ich zeig dir jetzt unseren Dachboden. Da sind alte Anziehsachen. Wir können uns verkleiden und Gespenst spielen.«

Abends kommt Katharina ziemlich spät nach Hause.

»Wo warst du denn so lange?« fragt ihre Mutter. »Ich habe mir schon Sorgen gemacht.«

»Weißt du, was eine WG ist?« fragt Katharina und packt Nüsse aus ihren Hosentaschen auf den Tisch.

»Nein, was denn?«

»Eine Wohngemeinschaft. Der Benjamin lebt in einer Wohngemeinschaft. Und da war ich heute.« Katharina sucht in der Wühlschublade, bis sie endlich den Nußknacker findet. »Und einen Hund hat der Benjamin und einen Dachboden mit alten Kleidern und einen kleinen Jungen, der Dorian heißt und kreischt wie ein Schwarm Nebelkrähen. Ich hab's selbst gehört.«

»Toll«, sagt die Mutter. »Ich meine, daß du dort warst. Daß du dich getraut hast.«

»Ganz freiwillig nicht. Die Tauben-Oma hat mich geschickt.«

»Aber jetzt bist du froh, daß du dort warst, gell?«

Katharina knackt eine Nuß. »Jetzt schon«, sagt sie. »Sehr sogar. Vielleicht gehe ich wieder mal hin.«

»Warum nicht morgen?« fragt ihre Mutter.

Katharina pult den Nußkern aus der Schale. »Er hat mich nicht richtig gefragt. Wenn er es gewollt hätte, hätte er es doch sagen können.«

»Deck den Tisch«, sagt die Mutter. »Das Essen ist fertig.«

STECKNADELN AUF DEM FUSSBODEN UND NUSSHÖRNCHEN VOM BÄCKER KÖRNER

Es ist ein kalter Tag heute. »Man merkt, daß es Herbst wird«, sagt die Tauben-Oma.

Katharina hat den Anzeiger vor sich auf dem Tisch liegen. Sie sucht nach einer Wohnung für Onkel Wilhelm.

»Du brauchst gar nicht zu suchen«, sagt die Tauben-Oma. »Ich habe heut morgen schon reingeschaut, gleich als er gekommen ist, der Anzeiger.«

»Hör mal«, sagt Katharina und liest vor: »Dreißig Quadratmeter Zimmer an Nichtraucherin zu vermieten. 500 DM inkl. Was heißt inkl.?«

»Inklusive«, sagt die Tauben-Oma. »Daß man keine Heizung mehr extra bezahlen muß. Aber fünfhundert Mark für ein Zimmer! Eine Unverschämtheit ist das. Und dann noch Ansprüche stellen!«

»Da ist sogar eine Ein-Zimmer-Wohnung für neunhundertfünfzig Mark und NK. Was ist NK?«

»Nebenkosten«, sagt die Oma. »Heizung und Müllabfuhr und Kaminkehrer und sowas. Das ist mehr, als Wilhelm Rente hat.«

»Scheiße«, sagt Katharina.

»Ja«, sagt die Tauben-Oma. »Es sieht nicht gut aus. Trotzdem sollst du nicht dauernd Scheiße sagen.«

»Schon gut«, sagt Katharina. »Aber mir fällt nichts anderes ein.«

»Eine verdammte Schweinerei ist das«, sagt die Tauben-Oma. »Sein ganzes Leben lang hat er gearbeitet. Und jetzt geht's ihm so.«

Sie geht ins Wohnzimmer und kommt gleich darauf zurück. »Es wird schon warm, ich hab die Heizung angedreht.«

»Im Wohnzimmer?« fragt Katharina. »Wozu denn das?«

Das tut die Tauben-Oma sonst nie, weil es zu teuer ist.

»Die Frau vom Apotheker Binder kommt heut zum Anprobieren. Die kann ich doch nicht in die Küche lassen.«

»Wieso denn nicht?« sagt Katharina. »Wenn Frau Schütz oder Frau Goller anprobieren, tun sie das doch auch in der Küche.«

»Ja, die«, sagt die Tauben-Oma. »Die sind an Küchen gewöhnt. Aber die Frau Apotheker ist doch was Besseres.«

»Trotzdem«, sagt Katharina. »Wir sind auch immer hier. Und deine Nähmaschine auch.«

»Hör auf«, sagt die Tauben-Oma. »Red nicht von

Dingen, von denen du nichts verstehst. Du wirst es schon auch noch lernen.«

»Ja, ja«, sagt Katharina. »Immer, wenn dir nichts anderes mehr einfällt, sagst du, ich versteh das noch nicht.«

»Hör auf«, sagt die Tauben-Oma nochmal und holt einen Kaugummi aus ihrer Schürzentasche. »Hier, damit du endlich mal den Mund hältst.«

»Ich kann auch mit Kaugummi reden«, sagt Katharina und wickelt das Papier ab. »Sehr gut sogar. Soll ich dir's mal vormachen?«

Die Tauben-Oma schüttelt den Kopf. Sie ist nervös. Sie ist sogar so nervös, daß sie die Schachtel mit den Stecknadeln fallenläßt, als sie sie ins Wohnzimmer bringen will. Der ganze Küchenfußboden liegt voller Stecknadeln.

»Siehst du, das hast du davon«, sagt Katharina. »Hättest du sie in der Küche gelassen, wären sie nicht runtergefallen.«

In diesem Moment klingelt es.

»Geh schon«, sagt Katharina zur Tauben-Oma. »Ich heb sie auf. Ich kann mich sowieso besser bücken als du.«

Die Tauben-Oma bindet ihre Schürze ab, hängt sie über den Stuhl und geht hinaus. Die Küchentür stößt sie hinter sich zu.

60

Katharina macht sie wieder auf, sie will sehen, was passiert.

Eine dicke Frau in einem Pelzmantel kommt herein. So dick ist sie, daß sie fast nicht in den Flur paßt. Mit ihrem linken Arm stößt sie an die eine Wand, mit dem rechten an Katharinas roten Anorak, der an der anderen Wand hängt.

Die Tauben-Oma führt die dicke Frau an der offenen Küchentür vorbei ins Wohnzimmer. Katharina folgt ihnen mit der Schachtel mit den Stecknadeln, obwohl die Hälfte davon noch auf dem Küchenfußboden liegt. Die dicke Frau zieht den Pelzmantel aus und breitet ihn über die Sessellehne. Unter dem Mantel ist sie genauso dick.

»Wie weit sind Sie denn, Frau Taube?« fragt sie besorgt. »Werden Sie auch ganz bestimmt fertig bis zur Hochzeit?«

»Natürlich, Frau Binder«, sagt die Tauben-Oma. »Natürlich werde ich fertig. Wenn ich es doch versprochen habe.«

Die Tauben-Oma nimmt ein lila-goldenes Stoffbündel vom Tisch und hält es hoch. Das Stoffbündel fällt auseinander und wird ein riesiges, lila-goldenes Kleid.

»Ich glaub, mich tritt ein Pferd«, sagt Katharina ergriffen.

Die dicke Frau schaut zu ihr herüber, die Tauben-Oma auch.

»Geh in die Küche«, sagt die Tauben-Oma streng. Katharina hält ihr die Stecknadeln hin. Die Tauben-Oma nimmt die Schachtel. »Geh rüber und mach deine Aufgaben«, sagt sie.

Katharina bleibt stehen. Sie möchte gern beim Anprobieren zuschauen. Am liebsten würde sie das Maßband nehmen und die dicke Frau messen. Sie ist bestimmt dicker als ich groß bin, denkt sie. Vielleicht geht ein Maßband gar nicht um sie herum.

Aber die Tauben-Oma sieht böse aus und macht eine Jetzt-geh-endlich-weg-Bewegung mit der Hand. Das lila-goldene Kleid bewegt sich mit.

»Was ist denn das für eine Kleine, die Sie da haben?« will die Dicke wissen. »Das ist ja ein reizendes Dingelchen.«

Dingelchen! denkt Katharina. Die hat sie wohl nicht alle.

Und sie macht die Tür sehr laut zu.

Es dauert fast eine Stunde, bis die dicke Frau endlich geht. Kein Wunder, bei der muß man ja auch doppelt soviel abstecken wie an Frau Goller zum Beispiel. Ob sie auch doppelt soviel bezahlt?

»Also dann bis übermorgen, Frau Taube«, sagt die dicke Dame draußen. »Auf Wiedersehen.«

»Auf Wiedersehen, Frau Binder«, sagt die Tauben-Oma. »Und vielen Dank auch.«

»Für was hast du danke gesagt?« fragt Katharina, als die Tauben-Oma hereinkommt und sich schnaufend auf den Stuhl setzt.

»Es paßt«, sagt die Tauben-Oma. »Gott sei Dank, es paßt.«

Dann hält sie Katharina die Hand vor die Nase und macht sie auf. Ein Hundertmarkschein.

»Dafür habe ich danke gesagt. Sie hat mir die Hälfte schon jetzt gegeben.«

»Ist das viel?«

»Na ja«, sagt die Tauben-Oma. »Ist auch viel Arbeit.« Dann lacht sie, streicht den Hunderter glatt, zieht die Schublade vom Küchentisch auf, nimmt ihren Geldbeutel heraus und legt den Schein hinein. »Und übermorgen wieder hundert«, sagt sie zufrieden. »Das ist ein guter Monat.«

Sie schlüpft in ihre Schürze. Dann greift sie in die Schürzentasche und hält Katharina ein Fünfmarkstück hin. »Los, Kathi, lauf zum Bäcker Körner und hol uns zwei Nußhörnchen. Ich koch inzwischen Kaffee.«

»Scheiß-Nußhörnchen«, sagt Katharina. »Scheiß-Frau-Apotheker-Binder und Scheiß-Geld.«

Aber sie holt Nußhörnchen.

MUNDRAUB UND KEINE ZEIT ZUM SCHÖN-SCHREIBEN

Die letzte Stunde fällt aus. Religion. Herr Gärtner ist krank.
»Ihr könnt nach Hause gehen«, sagt Frau Essig.
Vor dem Schulhaus stehen sie herum.
»Wollt ihr wirklich schon heim?« fragt Horst.
»Gehen wir doch noch zum Spielplatz. Wer will?«
Klaus will, Benjamin und Beate wollen auch. Deshalb geht Katharina ebenfalls mit. Sie schlendert neben Benjamin und Beate her und freut sich. Weil die Schule aus ist und weil sie mit den anderen zum Spielplatz geht. Und überhaupt.
Berti rennt hinter ihnen her. »Wartet doch!« ruft er. »Ich komme auch mit.«
Beate geht schneller. »Ich kann den nicht leiden«, sagt sie. »Weil er immer den Mädchen den Rock hochhebt und lacht. Der findet das komisch.«
»Ich kann ihn auch nicht leiden«, sagt Katharina.
Die Sonne scheint. Katharina zieht ihren Anorak aus und bindet ihn um den Bauch.
»Was machst du am liebsten auf dem Spielplatz?« fragt sie Beate.
»Schaukeln«, antwortet Beate. »Aber nicht zu

lange, da wird es langweilig. Überhaupt gehe ich
nicht besonders gern auf den Spielplatz.«

»Ich habe eine Schaukel in der Wohnung«, erzählt
Katharina. »Im Türrahmen von meinem Zimmer.«

Die anderen bleiben an einem Gartenzaun stehen.

»Schaut mal, der Baum«, sagt Horst.

Ein schöner, dicker Apfelbaum steht da. Und wun-
derschöne, dicke Äpfel hängen an seinen Zweigen.
Nur leider steht der Baum in einem Garten, in dem
Garten ist ein Haus, und in dem Haus wohnen
Leute. Denen gehört der Apfelbaum.

»So ein Apfel wäre jetzt prima«, sagt Beate.

Benjamin macht einen Klimmzug am Zaun hoch
und klettert auf den Pfosten. Er neigt sich vor,
streckt die Hand aus und erwischt einen Apfel.

»Fang, Beate.«

Beate fängt den Apfel und beißt hinein.

»Das ist Diebstahl«, sagt Klaus.

Benjamin widerspricht. »Mundraub heißt das.
Willst du auch einen, Kathi?«

Katharina nickt.

Benjamin streckt wieder den Arm aus und beugt
sich vor. Zwei oder drei Zentimeter fehlen, mehr
nicht. Benjamin streckt sich. Er wackelt, versucht
noch, das Gleichgewicht zu halten. Aber er schafft
es nicht, er muß springen und landet im Garten.

In diesem Moment geht in dem Haus ein Fenster auf, und eine Frau schreit heraus: »Ihr da! Wenn ihr Äpfel wollt, könntet ihr auch fragen. Aber nicht einfach klauen!«

»War doch nur einer«, ruft Benjamin.

»Ja, weil ich's gesehen habe«, antwortet die Frau.

»Macht, daß ihr fortkommt!«

Benjamin klettert wieder am Zaun hoch und springt zu den anderen auf den Bürgersteig.

»Die hat so viele Äpfel«, sagt er. »Die kann sie doch gar nicht allein essen. Sie hätte uns ruhig ein paar geben können.«

Beate hält ihm den Apfel hin. »Beiß mal!«

Aber er hat keine Lust zum Abbeißen, er hat auch keine Lust mehr auf den Spielplatz. Er will gleich nach Hause.

»Ich auch«, sagt Beate.

Katharina schaut ihnen nach, wie sie nebeneinander die Straße entlanggehen. Zusammen.

Sie will jetzt auch nicht mehr mit auf den Spielplatz. Sie geht zur Tauben-Oma. Allein.

»Na, wie war's in der Schule?« fragt die Tauben-Oma.

Katharina setzt sich an den Tisch und stützt die Arme auf.

»Jeden Tag fragst du dasselbe.«

»Na und?« sagt die Tauben-Oma. »Du gehst ja auch jeden Tag in die Schule.«

»Das ist genauso schlimm«, sagt Katharina.

Die Tauben-Oma schaut sie erstaunt an. »Sag mal, was ist denn mit dir los?« fragt sie.

»Nichts«, sagt Katharina. »Gar nichts. Überhaupt nichts. Ich will nur nicht dauernd ausgefragt werden.«

»So«, murmelt die Tauben-Oma und stellt das Essen auf den Tisch. Sie sagt nichts mehr.

Katharina läßt die Hälfte vom Fleisch übrig, die Hälfte Kartoffeln und den ganzen Spinat.

Die Tauben-Oma sagt immer noch nichts.

Sonst fragt sie jedesmal: Bist du denn schon satt? Oder sie sagt: Noch ein bißchen, Kathi.

Sie könnte wenigstens fragen, ob ich heute keinen Hunger habe, denkt Katharina.

Die Tauben-Oma räumt den Tisch ab und spült das Geschirr. Dann nimmt sie den Flickkorb und fängt an zu stopfen.

In der Küche ist es sehr still, nur das Kratzen von Katharinas Füller ist zu hören.

»Für Frau Goller?« fragt Katharina und deutet auf den Flickkorb.

Die Tauben-Oma antwortet nicht.

»Nun sag schon was«, sagt Katharina.

»Ich laß mich auch nicht gern ausfragen«, sagt die Tauben-Oma.

Da fängt Katharina an zu weinen.

Die Tauben-Oma legt ihr Stopfzeug aus der Hand, setzt sich neben Katharina und streichelt ihr über den Kopf. Katharina legt ihren Kopf an den dicken Busen von der Tauben-Oma und weint noch lauter.

Und sagt: »Man kann nicht immer alles sagen. Und damit du jetzt gar nicht erst zu fragen brauchst: Warum ich weine, weiß ich nicht.«

Die Tauben-Oma streichelt Katharina, bis sie sich beruhigt.

Dann schaut sie Katharinas Hausaufgaben an.

»Kannst du nicht ein bißchen schöner schreiben?« fragt sie. »Mußt du denn immer so hudeln?«

Katharina putzt sich die Nase.

»Schönschreiben! Ich habe keine Zeit zum Schönschreiben«, sagt sie. »Weil ich nämlich immer Fragen beantworten muß. Und außerdem will ich jetzt heim.«

Sie packt das Heft ein.

EINE TASSE KAKAO UND SCHON WIEDER
(K)EIN HUND

Katharina ist wirklich gleich nach Hause gegangen.
»Warum bleibst du nicht noch ein bißchen da?« hat
die Tauben-Oma gefragt. »Was willst du denn den
ganzen Nachmittag allein in der Wohnung?«
Aber Katharina ist nicht geblieben. »Ich muß nach-
denken«, hat sie gesagt. »Dazu brauche ich Ruhe.«
Die Tauben-Oma hat den Kopf geschüttelt.
Katharina hat nachgedacht. Über einen Hund. Ein
Hund ist wie ein Freund. Und einen Freund braucht
sie. Der Benjamin hat sogar beides, einen Hund und
Beate.
Früher in der alten Wohnung waren Haustiere
verboten. Aber hier in der Kepplerstraße würde es
gehen. Die Müllers aus dem dritten Stock haben
einen Hund und die Gollers im Erdgeschoß auch.
Also sind Haustiere erlaubt. Das hat die Tauben-
Oma auch gesagt. Die wohnt im Haus nebenan und
hat denselben Herrn Keller als Hausbesitzer. Der
wohnt wieder ganz woanders und kommt nur selten
hierher. Wenn der Herr Keller nichts gegen Gollers
Hund und Müllers Hund hat, würde er auch nichts

gegen einen Hund von Katharina haben. Daran liegt's also nicht.

Und überhaupt hat Katharina schon zu Weihnachten einen Hund haben wollen.

Es ist aber dann ein Fahrrad geworden. Kein Mensch kann etwas gegen ein Fahrrad haben, vor allem nicht, wenn es neu und glänzend und dunkelrot ist. Natürlich hat auch Katharina nichts gegen das Fahrrad gehabt. Ein Fahrrad ist ein richtig schönes, großes Weihnachtsgeschenk.

Aber ein Hund wäre ihr lieber gewesen.

Mit einem Hund kann man spielen. Ein Hund ist ein Freund, besonders, wenn man sonst keinen hat.

Katharina hat beschlossen, sich noch einmal einen Hund zu wünschen. Zum Geburtstag.

»Einen großen«, sagt sie, als ihre Mutter abends nach Hause kommt. »So groß wie ich soll er sein und richtig braun mit einem weißen Bauch. Das wäre mir am liebsten.«

Die Mutter seufzt und zieht ihren Mantel aus. »Laß mich doch erst mal fünf Minuten in Ruhe«, sagt sie. Sie hängt ihren Mantel an den Haken im Flur und geht in die Küche. Katharina läuft ihr nach.

Auf dem Tisch steht eine halbleere Tasse, daneben die Milchtüte und die Kakaodose. Katharina hat sich nämlich Kakao gemacht, weil man mit Kakao

besser denken kann. Leider hat sie zu fest gerührt.
»Das hättest du auch wegwischen können«, sagt ihre Mutter. »Du altes Ferkel.«
»Ja, ja«, sagt Katharina. »Hast du's gehört? Ich wünsche mir einen Hund. So groß wie ich und braun mit hellem Bauch.«
Die Mutter seufzt wieder und wischt mit einem Lappen den Tisch ab.
»Das geht nicht, Kathi«, sagt sie. »Unsere Wohnung ist zu klein, und ich komme erst um sieben nach Hause. Wer soll sich da um den Hund kümmern?«
»Na ich«, sagt Katharina. »Und unsere Wohnung ist gar nicht zu klein. Ein Hund braucht doch kein eigenes Zimmer. Er ist immer bei mir. Mittags essen wir zusammen bei der Tauben-Oma, und wenn ich meine Aufgaben gemacht habe, gehen wir an die frische Luft. Dann habe ich auch einen Freund.«
Die Mutter räumt den Kakao weg.
Katharina fühlt sich ganz weich im Bauch. »Er geht immer und immer und immer mit mir«, wiederholt sie.
»Ja«, sagt ihre Mutter. »Und weil ihr gleich groß seid und die gleiche Haarfarbe habt, halten euch die Leute für Zwillinge.«
Jetzt fühlt sich Katharina nicht mehr ganz weich im Bauch. Sie probiert es auf eine andere Art.

»Weil der Hund so groß ist, brauche ich überhaupt nie mehr Angst zu haben«, sagt sie. »Keiner kann mich verhauen.«

Die Mutter knallt die Schranktür zu und schaut Katharina an. »Wieso?« fragt sie. »Wer haut dich denn?«

Katharina bohrt in der Nase. »Eigentlich niemand. Aber es *könnte* mich ja jemand hauen. Wenn ich einen Hund habe, traut sich keiner.«

»Was dir alles einfällt«, sagt die Mutter. »Bringst du mir die Plastiktasche aus dem Flur? Da ist der Reis drin.«

Katharina schleppt die Tüte in die Küche.

»Milchreis mit Apfelmus gibt's«, sagt ihre Mutter und stellt den blauen Topf auf die Herdplatte. Sie gießt den Rest Milch hinein, bevor sie eine neue Packung aufschneidet. »Gib mir den Reis, Kathi.«

Katharina zerrt ein Paket Reis aus der Tüte. Dann holt sie ihren Zeichenblock aus ihrem Zimmer.

»Schau mal, ich hab den Hund schon gemalt, damit du auch weißt, wie er aussehen soll. Damit du nicht aus Versehen einen anderen kaufst.«

Der Hund auf dem Bild ist groß und braun mit einem weißen Bauch. Wie Hasso sieht er aus. Katharina hat sich gleich daneben gemalt. Sie hält ihrer Mutter den Block hin.

»Hier, schau! Seine Ohren kann man nicht sehen, weil er so lange Haare hat. Deshalb ist er auch immer ganz warm und kuschelig. Wenn ich kalte Füße habe, darf er an meinem Fußende schlafen, und wir brauchen nie wieder eine Wärmflasche.«

Die Mutter ist überhaupt nicht beeindruckt von dem großartigen Bild. Sie schüttelt den Kopf und fängt an, den Tisch zu decken. »Nein, Kathi. Außerdem ist so ein Hund teuer. Du weißt doch, daß wir nicht soviel Geld haben. Und dann noch einen Hund! Nein, kommt nicht in Frage.«

Katharina setzt sich auf den Hocker am Fenster und betrachtet ihr Bild. »Wieviel kostet eine Wärmflasche?« fragt sie.

Ihre Mutter zuckt mit den Schultern. »Was weiß denn ich. Fünf Mark vielleicht. Oder zehn.«

Katharina reißt das Bild aus dem Zeichenblock. »Siehst du«, sagt sie. »Fünf Mark hätten wir dann schon gespart. Oder zehn.«

Sie steht auf, holt Tesafilm aus der Wühlschublade und pappt das Bild an ihre Zimmertür.

BLAUE BLUSE, LINKER SCHUH UND EINE PRÜGELEI

Katharina hat einen schlechten Tag. Sie ist mit dem linken Fuß zuerst aufgestanden oder ihr ist eine Laus über die Leber gelaufen oder so etwas. Jedenfalls weiß sie selbst nicht, warum sie so schlecht gelaunt ist. Es ist einer von den Tagen, an denen alles schief geht. Als sie sich die Bluse zuknöpft, die schöne blaue, ihre Lieblingsbluse, reißt ein Knopf ab. Die Mutter verlangt, daß sie eine andere anzieht. »So kannst du nicht in die Schule gehen«, sagt sie.
Katharina steht vor dem Schrank und überlegt. Dann nimmt sie den roten Pullover mit dem großen aufgenähten Pilz. Den kann sie nicht ausstehen.
Ihre Mutter wirft ihr einen erstaunten Blick zu. »Ausgerechnet den?« fragt sie. »Warum nicht den blauen Nicki? Den magst du doch auch ganz gern?«
»Genau darum nicht«, sagt Katharina. »Wenn ich schon nicht meine blaue Bluse anziehen darf.«
Beim Frühstück stößt sie die Kaffeekanne um. Die Mutter hilft ihr beim Aufwischen. Sie sagt nichts, nur Katharina ärgert sich lautstark.
Als sie ihren linken Schuh zubindet, reißt der Schnürsenkel. Katharina wühlt wild in der Schub-

76

lade vom Flurschrank, aber sie findet keinen anderen. Nur das alte Jojo, das sie immer gesucht hat. Sie steckt es in die Hosentasche.

»Nimm doch ein Band von den Turnschuhen«, sagt ihre Mutter.

Aber das hat so ausgefranste Enden, daß es sich nicht einfädeln läßt. »So ein verdammtes Mistding!« Katharina heult fast vor Wut.

Ihre Mutter nimmt ihr den Schnürsenkel aus der Hand, drückt etwas Uhu auf die Enden und zwirbelt sie zwischen Daumen und Zeigefinger, bis sie spitz werden.

»Gleich geht's«, sagt sie. »Wenn das Uhu trocken ist.«

»Trotzdem ist es ein verdammtes Mistzeug«, schimpft Katharina. »Und überhaupt alles.«

»Was noch alles?« fragt ihre Mutter.

Katharina zuckt mit den Achseln. »Einfach alles.« Daß sie keine Rechenaufgaben gemacht hat. Glatt vergessen. Erst beim Aufwachen ist es ihr eingefallen. Aber das will sie nicht sagen. Außerdem findet sie ihr Aufsatzheft nicht. Das will sie auch nicht sagen.

»Soll ich dir eine Entschuldigung schreiben fürs Zuspätkommen?« fragt die Mutter und holt schon ihren Kugelschreiber aus der Tasche.

Katharina will keine.

Die Mutter steckt den Kugelschreiber wieder weg.
»Also, wenn du unbedingt leiden willst...« sagt sie.

Natürlich kommt Katharina viel zu spät aus dem Haus. Der Schäferhund bellt wie jeden Tag, aber heute klingt es anders. Der bellt mich an, denkt Katharina. So ein blöder Köter! Langsam sollte er mich doch kennen. Die beiden Drehorgel-Pinscher sind nicht im Garten. Aber Hasso steht am Zaun und wartet.

»Ich hab keine Zeit«, sagt Katharina. »Heute bin ich noch später als sonst. Außerdem bin ich sauer. Stinksauer. Das mußt du verstehen.«

Hasso versteht es, er ist nicht böse. Er wedelt mit dem Schwanz.

Auf dem Schulhof fällt Katharina noch ein, daß sie ihr Pausenbrot vergessen hat. Und auf der Treppe trifft sie Frau Kroll, die Hausmeisterin. Vor der hat sie sonst immer Angst.

»Kannst du nicht grüßen?« fragt Frau Kroll.

»Können schon«, sagt Katharina.

Frau Kroll hebt die Hand. Fast sieht es aus, als wollte sie Katharina eine runterhauen. Aber dann sagt sie doch nur: »Warte, das sag ich deiner Lehrerin.«

Katharina rennt schnell die Treppe hoch.

»Wir müssen uns wirklich auf eine bestimmte Uhr-zeit einigen, Katharina«, sagt Frau Essig. »Jeden Tag geht das nicht. Was war denn heute wieder?« Katharina geht zu ihrem Platz. Sie läßt ihren Ranzen einfach auf den Boden fallen.

»Ich hab mein Heft nicht gefunden«, sagt sie. »Und der verdammte Schnürsenkel ist gerissen und die Kaffeekanne umgefallen und überhaupt.«

Von den nicht gemachten Aufgaben sagt sie lieber nichts. Nicht alles auf einmal.

Die Essig-Gurke lacht. »War die Kaffeekanne voll?« erkundigt sie sich.

»Natürlich«, sagt Katharina. »Ist Ihnen schon mal eine leere Kaffeekanne umgefallen?«

Die Essig lacht noch mehr. »Sachkunde«, sagt sie. »Wer weiß noch, wo die alte Stadtmauer verlaufen ist?«

In der Pause geht Katharina neben Inga her. Das tut sie sonst nicht gern, es reicht, daß sie neben so einem großen Mädchen sitzen muß. Aber heute übersieht sie Ingas Größe, denn Inga hat immer sehr viel zu essen dabei. Sie ist nicht nur sehr groß, sondern auch sehr dünn. Deshalb denkt ihre Mutter, sie müßte doppelt soviel essen. Inga hat aber noch nicht einmal halb soviel Hunger und gibt darum immer gern etwas ab.

Sie hält Katharina das zweite Brot hin. »Iß ruhig«, sagt sie. »Wenn du's nicht ißt, schmeiß ich es nachher sowieso in den Papierkorb. Weil meine Mutter sonst meckert.«

»Brot darf man nicht wegschmeißen«, sagt Katharina. »Das ist eine Sünde, sagt die Tauben-Oma. Wo doch überall in der Welt die Leute hungern.«

»Ich würde ihnen ja gern mein Pausenbrot geben«, sagt Inga bedauernd. »Sehr gern sogar.«

In diesem Moment kommen Berti und Horst angelaufen. »Hallo, Bohnenstange«, ruft Berti und hebt Inga den Rock hoch.

Horst lacht laut. »Sie hat blaue Unterhosen an. Schon die dritte blaue heute.«

Inga wird rot und reißt sich los.

Katharina wird auch rot. Vor Wut. Sie geht mit den Fäusten auf Berti los.

»Du blöder Depp, du blöder!« schreit sie laut. »Dir zeig ich's!«

Berti will sie abschütteln, aber sie drischt wild auf ihn ein. Andere Kinder bleiben stehen und schauen zu. Katharina sieht aus den Augenwinkeln, daß der Kreis immer größer wird.

»Hör auf!« sagt Berti. »Ich kann doch keine kleinen Mädchen hauen.«

»Aber den Rock hochheben schon!« schreit Katharina. Berti erwischt ihren Arm und hält sie fest.

»Hör auf, verdammt noch mal!«

Katharina tritt nach ihm und beißt ihn in die Hand.

»Au!« schreit Berti und läßt sie los.

Die anderen Kinder lachen laut.

»So eine kleine Giftkröte«, sagt ein älterer Junge anerkennend. »Nicht schlecht.«

»Giftpilz«, sagt ein anderer und deutet auf Katharinas Pullover.

Berti bemüht sich, ein gleichgültiges Gesicht zu machen. »Ich hau doch keine kleinen Mädchen«, sagt er und schlendert aus dem Kreis. Die gebissene Hand steckt er in die Hosentasche.

Katharina schiebt Inga weiter. Inga gibt ihr jetzt noch die Mandarine, die sie eigentlich selbst essen wollte.

»Danke«, sagt sie.

»Danke«, sagt Katharina.

Benjamin kommt ihnen nachgerannt. »Prima warst du«, sagt er.

Katharina lacht. Auf einmal geht es ihr wieder gut. Sehr gut sogar. Sie schält die Mandarine und teilt sie in drei gleichgroße Stücke. Je eines gibt sie Inga und Benjamin, das dritte ißt sie selbst. Der Saft rinnt ihr über die Hand. Sie leckt ihn ab. Sie könnte radschlagen vor Freude.

Frau Essig hat von der Schlägerei in der Pause erfahren.

»Daß ihr euch immer so aufführen müßt«, sagt sie. »Manchmal ist mir das richtig peinlich vor den anderen Lehrern. Berti, seit wann haust du Kinder, die kleiner sind als du?«

»Ich hab's nicht gewollt«, verteidigt er sich. »Kathi ist schuld, sie hat angefangen damit.«

»Ist nicht wahr«, sagt Katharina. »Er hat angefangen. Ich hab nur zuerst geschlagen.«

»Ist nicht wahr«, sagt Berti zu Katharina. »Ich hab dir überhaupt nichts getan.«

Katharina springt auf. »Mir nicht, aber der Inga!« ruft sie.

Berti zuckt mit den Achseln. »Das war doch nur Spaß. Und überhaupt, was geht dich das an!«

Katharina hebt die Hand. »Wenn du nicht aufhörst«, sagt sie, »dann kannst du was erleben. Ich wachs nämlich noch.«

»Dann wird's aber Zeit, daß du damit anfängst«, sagt Berti.

Benjamin dreht sich nach ihm um. »Halt die Klappe, Berti!«

Und Beate sagt: »Immer heben die den Mädchen die Röcke hoch, der Berti und der Horst.«

»Petze«, sagt Horst.

»So schlimm ist das doch nicht«, sagt Berti. »Das tut doch niemand weh.«

Frau Essig hebt die Hand. »Aufhören«, sagt sie. Sie ist sauer. Essigsauer. »Wenn einer einem anderen etwas antut, was der nicht will, dann ist das Gewalt, auch wenn es nicht wehtut«, sagt sie und schaut Berti an. »Darüber reden wir nach dem Unterricht. Horst und Berti, ihr wartet auf mich vor dem Lehrerzimmer.« Dann nimmt sie die Kreide und dreht sich zur Tafel.

Nach der Stunde, Katharina hat schon ihren Anorak angezogen und will gehen, hält Frau Essig sie zurück.

»Man muß nicht besonders groß sein, um sich zu wehren«, sagt sie. »Denk dran. Es liegt nicht nur an der Größe.«

Katharina wird rot.

»Frau Kroll hat's vom Fenster aus beobachtet und mir dann erzählt. Das von heute morgen übrigens auch.«

Jetzt wird Katharina noch röter.

Frau Essig schimpft aber gar nicht. Sie sagt: »Ist nicht so schlimm. Das passiert halt mal, daß man verquer ist. Man sollte es nur nicht an jedem auslassen.«

Katharina nickt. »An jedem nicht, gell? Eigentlich

braucht man nur zu warten, dann kommt schon einer, an dem man es auslassen kann.«

»So habe ich es eigentlich nicht gemeint«, sagt Frau Essig.

Von draußen ruft jemand. »Kathi! Kathi!«

Das ist Benjamin.

Frau Essig schiebt Katharina zur Tür. »Du wirst gerufen«, sagt sie. »Geh schon.«

Benjamin hockt auf der untersten Treppenstufe und wartet.

»Ich hab gedacht, wir gehen noch am Karolinenplatz vorbei und holen uns ein Eis. Hast du Lust?«

Katharina nickt.

EIN TOPFLAPPEN, HERTHA UND FERNSEHEN BIS ZWÖLF

»Ich muß nachher noch häkeln«, sagt Katharina beim Abendessen. »Morgen soll ich die Topflappen abgeben. Die anderen sind alle schon fertig. Hilfst du mir?«

Ihre Mutter schüttelt den Kopf. »Geht nicht, ich hab doch Englisch. Möchtest du noch was essen?«

»Nein, ich bin satt.«

Katharina steht auf und holt die Tüte mit ihrem Handarbeitszeug. »Der Inga macht Häkeln sogar Spaß«, erzählt sie. »Kannst du dir das vorstellen?«

»Nein«, sagt ihre Mutter und räumt den Käse und die Butter in den Kühlschrank. »Ich hab Handarbeit auch nie leiden können. Zeig mal her.«

Katharina packt ihr Häkelzeug aus. Giftgrüne Wolle, sorgfältig ausgesucht. Die scheußlichste Farbe, die es im ganzen Geschäft gegeben hat, weil Handarbeit das scheußlichste Fach ist. Ein Topflappen ist bereits fertig, aber er sieht jetzt eher olivfarben aus.

»Und der zweite?« fragt die Mutter.

»Hier«, sagt Katharina und reicht ihr das angefangene Stück.

»Das sind ja erst drei oder vier Reihen«, sagt ihre Mutter. »Wie willst du das denn fertigbringen bis morgen?«

»Ich will ja gar nicht«, sagt Katharina. »Ich muß.«

Es klingelt.

»Das ist die Hertha«, sagt die Mutter und macht ihrer Freundin die Tür auf. »Komm rein und setz dich noch ein bißchen hin, ich bin gleich fertig.«

Katharina springt auf und schmeißt sich Hertha in die Arme. »Hallo, Hertha«, ruft sie. »Wie siehst du denn aus?«

Hertha schiebt ihre Mütze zurück und klemmt ihre Daumen unter die Hosenträger. »Wieso? Gefalle ich dir nicht?« fragt sie.

»Gefallen?« sagt Katharina. »Für Fasching wär's nicht schlecht. Leihst du's mir mal?«

Hertha dreht sich zu Katharinas Mutter um. »Ursel, erzählst du nicht allen Leuten, was deine Tochter für ein liebes und nettes Kind ist? Hast du vielleicht irgendwo noch eine andere versteckt?«

Katharina lacht. Hertha setzt sich an den Tisch. »Ich hab noch nichts gegessen«, sagt sie. »Habt ihr noch ein Stück Brot für mich?«

Katharinas Mutter räumt Butter und Käse wieder auf den Tisch und schneidet eine Scheibe Brot ab. »Wir sind spät dran«, sagt sie.

Hertha nimmt den Topflappen hoch und betrachtet ihn. »Was ist denn das für ein Schmuckstück?«

»Topflappen«, sagt die Mutter. »Spezialmodell Katharina.«

»Du solltest es bei einem Wettbewerb einschicken«, empfiehlt Hertha. »Der erste Preis wäre dir sicher. Einzigartig und originell.«

Während Hertha ißt, häkelt Katharinas Mutter.

»Wie geht's denn in der Schule?« fragt Hertha.

»Na ja«, sagt Katharina. Sie überlegt, beschließt dann aber, nichts von Berti zu erzählen. Ihre Mutter kann Hauen nicht leiden, und außerdem hat sie immer Angst, daß jemand ihrer Katharina wehtun könnte. Mütter sind so.

Also sagt sie: »Meistens geht's ja, aber manchmal ist es langweilig. Der Dom zum Beispiel. Warum muß ich wissen, wann der Dom erbaut worden ist?«

»Welcher Dom?« fragt Hertha.

»Wann ist er denn erbaut worden?« fragt Katharinas Mutter.

»Weiß ich doch nicht«, sagt Katharina. »Ich hab's heute schon mal nicht gewußt. Warum muß ich es wissen?«

»Wenn du weißt, daß es einen Dom gibt, reicht das«, sagt Hertha kauend. »Immerhin ist da eine Straßenbahnhaltestelle und das *Kino am Dom*.«

Katharina nimmt Herthas Mütze und setzt sie auf.

»Wie seh ich aus?«

»Verwegen«, sagt Hertha. »Gib meine Mütze wieder her.«

Katharina gibt die Mütze zurück.

»Also wie ist das mit dem Dom?« fragt sie. »Warum muß ich das wissen?«

»Ich weiß nicht«, sagt ihre Mutter. »Allgemeinbildung, nehme ich an.«

»Was ist das?«

»Wenn man Sachen weiß, die andere Leute auch wissen. Wenn man viel gelernt hat.«

»Gehört Englisch auch zur Allgemeinbildung?« fragt Katharina.

Ihre Mutter dreht das Häkelzeug um und fängt eine neue Reihe an. »Ich glaub schon, daß Englisch zur Allgemeinbildung gehört«, sagt sie. »Aber ich lern's, weil ich eine andere Arbeit will. Und mehr verdienen.«

»Also Verdienbildung«, sagt Katharina. »Das finde ich besser als Allgemeinbildung.«

Die Mutter steht auf und zieht im Flur ihre Jacke an. Katharina schaut ihr durch die offene Tür dabei zu.

»Und geh bald ins Bett, hörst du?« sagt die Mutter und bückt sich nach ihrer Tasche.

Katharina steckt sich ein Stück Käse in den Mund.

»Ja, ich geh gleich ins Bett, ich mach das Licht aus, dreh den Fernseher nicht an und öffne auf gar keinen Fall die Tür, wenn jemand klingelt.«

»Da hätte ich an deiner Stelle überhaupt keine Angst«, sagt Hertha zu Katharinas Mutter. »Wenn jemand dieses Kind klaut, bringt er es morgen zurück und bezahlt noch was drauf, damit du es wieder nimmst.« Sie umarmt Katharina. »Mach's gut, du kleine Mistkröte!«

»Ihr auch«, sagt Katharina. »Und benehmt euch anständig. Und seid nicht frech zu eurer Lehrerin.«

Dann sind die Mutter und Hertha draußen.

Katharina räumt den Tisch ab. Teller und Messer in die Spüle, Käse und Butter zurück in den Kühlschrank. Dann nimmt sie den angefangenen Topflappen, geht in das Zimmer ihrer Mutter und macht den Fernseher an. Weil es ein bißchen kalt ist, wickelt sie sich in den Bademantel, der auf dem Bett liegt.

Zweimal in der Woche Englisch ist viel. Einmal würde auch reichen.

Im Fernsehen läuft die Tagesschau. Katharina fängt an zu häkeln. Bis zwölf könnte sie fernsehen, wenn sie nicht müde würde. Vor zwölf kommt ihre Mutter nicht nach Hause, weil sie noch mit Hertha und den anderen was trinken geht. Zweimal in der Woche.

GLATZENPOLITUR, FLÖHE UND DAS BESTE EIS VON DER STADT

Onkel Wilhelm hat schon den Tisch gedeckt, als die Tauben-Oma und Katharina ankommen. Sogar einen Strauß Astern hat er hingestellt.
»Was ist denn los, Wilhelm?« fragt die Tauben-Oma. »Hast du etwa eine Wohnung gefunden?«
»Nein«, sagt Onkel Wilhelm, »hab ich nicht. Aber kein Mensch kann ewig Trübsal blasen. Ändern tut es nichts, und man wird nur krank davon.«
Klabautermann steigt aus seinem Korb und schüttelt sich. Dann erst begrüßt er Katharina. Er springt an ihr hoch, bis sie ihm endlich die Wurst gibt. Sie schaut ihm zu, wie er frißt.
»Onkel Wilhelm«, sagt sie, »Klabautermann kratzt sich dauernd. Was hat er denn?«
Onkel Wilhelm zuckt mit den Schultern. »Vielleicht hat er Flöhe? Ich habe vorhin schon mal geguckt, aber keinen gefunden.«
»Hast du deine Brille aufgehabt?« fragt Katharina.
»Flöhe«, sagt die Tauben-Oma. »Auch das noch.«
»Jeder richtige Hund hat mal Flöhe«, sagt Onkel Wilhelm. »Krieg ich heute keinen Kuß, Kathi?«
Katharina steht auf. »Doch, Käpten, zwei.« Sie legt

die Arme um seinen Hals und küßt ihn auf die Glatze. »Die glänzt heute aber ganz besonders schön«, lobt sie.

Onkel Wilhelm lacht. »Die neue Glatzenpolitur mit Doppelglanzeffekt«, sagt er.

Katharina zieht ihn am Ohr. »Das ist doch gelogen«, sagt sie.

Onkel Wilhelm ist empört. »Alte Männer lügen nicht«, sagt er. »Und ich schon gar nicht. Das solltest du eigentlich wissen. Zwölf verschiedene Sorten gibt's in der Drogerie, und ich habe die allerbeste genommen. Die mit dem Doppelglanzeffekt. Auf die von Staub- und Schmutzresten gereinigte Glatze einfach auftragen, trocknen lassen und mit einem weichen Lappen nachpolieren.«

»So ein Blödsinn«, sagt die Tauben-Oma und runzelt die Stirn.

»Was heißt hier Blödsinn?« sagt Onkel Wilhelm. »Eine gut glänzende Glatze kann äußerst nützlich sein. Zum Beispiel wird man schon von weitem erkannt. Stell dir mal vor, wir wären in einer Menschenmenge und verlieren uns aus den Augen. Da braucht ihr nur zu schauen, wo's glänzt.«

»Stimmt«, sagt Katharina. »Und wenn dir mal die Nachttischlampe kaputtgeht, stellst du einfach Onkel Wilhelm hin. Das ist doch praktisch.«

92

»Und wenn ich die Lampe ausmachen will, hau ich dem Wilhelm einfach auf den Kopf«, sagt die Tauben-Oma. »Wirklich, sehr praktisch. Willst du Milch oder Kakao, Kathi?«

»Kakao.«

Die Tauben-Oma macht Kakao für Katharina und gießt die Andenken-Tasse voll. Katharina hockt sich auf die Eckbank und nimmt ein Stück Kuchen.

»Richtig gemütlich ist es hier«, sagt sie zu Onkel Wilhelm. »Wirklich schade, daß du ausziehen mußt.«

»Manchmal könntest du auch deinen großen Mund

halten«, sagt die Tauben-Oma und schaut Katharina böse an.

Onkel Wilhelm legt ihr die Hand auf den Arm. »Laß doch, Martha.« Und zu Katharina sagt er: »Ja, das ist wirklich schade.«

»Ich hab eine Idee«, sagt Katharina plötzlich. »Du machst mit der Tauben-Oma eine Wohngemeinschaft. Wie bei Benjamin.«

»Was ist denn das?« fragt Onkel Wilhelm.

»Ach geh«, sagt die Tauben-Oma. »Das ist doch nur was für junge Leute. Wilhelm, willst du noch ein Stück Kuchen?«

Onkel Wilhelm will. Aber er will auch erklärt haben, was eine Wohngemeinschaft ist.

Katharina sagt: »Wenn Leute, die nicht verwandt sind, zusammenziehen, weil's billiger ist. Und weil sie sich gut leiden können, natürlich.«

»Wir können uns ja auch gut leiden, Martha und ich«, sagt Onkel Wilhelm. »Aber wir sind verwandt. Sie ist meine Kusine.«

Katharina trinkt die Tasse leer, bevor sie antwortet: »Damit ist doch nur gemeint, daß man keine Familie ist. Mutter und Kind oder verheiratet. Und das seid ihr nicht.«

»Eben«, sagt die Tauben-Oma und gießt Katharinas Tasse noch einmal voll.

»Und wie hast du dir das vorgestellt?« fragt Onkel Wilhelm.

Katharina sagt: »Ganz einfach. Du ziehst mit Klabautermann bei der Tauben-Oma ein. Und ihr macht zu dritt eine Wohngemeinschaft.«

»Hör endlich auf«, sagt die Tauben-Oma. »Das ist wirklich nur was für junge Leute.«

Katharina leckt die letzten Krümel vom Teller und setzt sich zu Klabautermann auf den Boden. »Davon hat Benjamin aber nichts gesagt, daß das nur was für junge Leute ist«, sagt sie. »Onkel Wilhelm, der Hund hört überhaupt nicht auf zu kratzen.«

»Hast du nichts daheim gegen Flöhe?« fragt die Tauben-Oma.

Onkel Wilhelm schüttelt den Kopf. »Aber wir könnten einen Spaziergang machen und unterwegs Flohpuder kaufen. Was haltet ihr von einem schönen, langen Spaziergang?«

»Viel«, ruft Katharina. »Ich halte besonders viel von Spaziergängen zu einem ganz bestimmten Platz.«

Die Tauben-Oma nickt und räumt mit Onkel Wilhelm den Tisch ab. »Ja, ja. Ein ganz bestimmter Platz. Wo ein ganz bestimmter Stand ist und ein ganz bestimmter Mann, der ein ganz bestimmtes Eis verkauft.«

»Das beste Eis von der Stadt«, sagt Katharina und hilft Klabautermann beim Kratzen. »Woher hast du so genau gewußt, was ich meine?«

»Ich kenn dich doch nicht erst seit gestern«, sagt die Tauben-Oma. »Also los, gehen wir.«

FRAU ESSIG, DER DOM UND DIE GROSSE PAUSE

»Wann ist der Dom erbaut worden?« fragt Frau Essig.

Katharina meldet sich.

»Solltest du etwa gelernt haben?«

»Nein«, antwortet Katharina. »Aber die Tauben-Oma hat's auch nicht gewußt und ist deshalb mit mir hingefahren. Wenigstens mal genau anschauen, hat sie gesagt, weil es eine schöne Kirche ist. Und dort hat es ein Mann erzählt. Vierzehnhundertachtundsechzig bis vierzehnhundertachtundachtzig. Die Türme aber erst viel später.«

Frau Essig nickt. »Und?« fragt sie. »Hat dir der Dom gefallen?«

»Wenn er nicht so furchtbar groß wäre«, sagt Katharina, »würde er mir noch besser gefallen.«

»Und wie ist das mit der Stadtmauer? Wo ist die verlaufen?« fragt Frau Essig weiter.

Katharina lehnt sich zurück. »Ich hab schon was gewußt heute«, sagt sie.

»Und ich frag dich noch was«, sagt Frau Essig.

Katharina will nicht mehr. »Einmal am Tag langt«, sagt sie. »Die Tauben-Oma ist nicht mehr so gut auf den Beinen, die alte Stadtmauer konnten wir nicht mehr abgehen. Die Tauben-Oma war so müde und hungrig nach dem Dom, daß wir nur noch Bratwürstchen essen konnten.«

»Solange sie nicht zu müde war zum Essen«, sagt Frau Essig.

Katharina lacht. »Zum Essen braucht man seine Füße nicht, da können die ruhig müde sein.«

»Mein Papa kann den ganzen Sonntag laufen und wird nicht müde«, erzählt Beate. »Er will immer wandern, und wir können hinterherjapsen.«

»Meiner wandert nur zum Biergarten«, sagt Anne. »Dann ist er schon müde und muß sich ausruhen.«

»Schluß jetzt«, sagt Frau Essig. »Wie war das mit der Stadtmauer?«

Aber da schellt es. »Gott sei Dank«, sagt Benjamin.

Katharina holt ihr Pausenbrot aus dem Ranzen und geht hinunter auf den Hof. Inga kommt ihr nach und läuft einfach neben ihr her. Einen ganzen Kopf größer ist sie als Katharina, aber man kann sich an ihre Größe gewöhnen.

»Willst du nichts von mir?« fragt Inga und will Katharina ihr Brotpaket geben.

Katharina schiebt Ingas Hand weg. »Nein, ich hab selber was dabei.«

»Leberwurst«, lockt Inga.

»Trotzdem«, sagt Katharina. »Ich hab Schinken.«
Inga hält ihr Brot hoch über den Kopf und schreit
ganz laut: »Wer will?«
»Ich will«, sagt Benjamin und greift nach dem
Paket. »Was ist denn drauf?«
»Leberwurst«, sagt Inga.
Benjamin wickelt das Brot aus und beißt hinein.
»Meine allerliebste Lieblingswurst. Aber du könn-
test deiner Mutter ausrichten, daß es mit sauren
Gurkenscheiben noch viel besser schmeckt.«
»Nein«, sagt Inga, »das fällt auf. Ich kann nämlich
saure Gurken nicht ausstehen.«
»Was für ein Pech«, sagt Benjamin. »Aber macht
nichts, es schmeckt auch so.«
Sie setzen sich unter die Akazie am Schulgebäude.
Beate und Patrick kommen dazu. Wenn irgendwo
drei sitzen, werden es bald mehr. Weil jeder denkt,
es wäre was los. Es ist aber nichts los.
»Deine Tauben-Oma gefällt mir«, sagt Benjamin.
»Wieso sagst du eigentlich immer Tauben-Oma zu
ihr und nicht einfach Oma?« fragt Beate und setzt
sich neben Katharina. Patrick schaut sich um und
geht dann zu ein paar anderen, die Fangen spielen.
»Weil sie mit Nachnamen Taube heißt. Außerdem
ist sie gar nicht meine richtige Oma.«
»Nicht?« fragt Inga erstaunt. »Was denn sonst?«

»Ausgeliehen«, erklärt Katharina. »Weil ich keine Oma habe und sie keine Enkelin. Und weil ich nicht mehr in den Hort gehen wollte und meine Mutter mittags nicht zu Hause ist.«

»Bei uns ist immer jemand da«, sagt Benjamin.

»Kunststück, bei so vielen Leuten«, sagt Beate.

»Manchmal ist meine Mutter auch nicht da, wenn ich heimkomme. Dann mach ich mir selber was zu essen.«

»Und wie hast du sie gefunden?« erkundigt sich Inga. »Hast du einfach überall geklingelt und gesagt: Ich suche eine Oma?«

Katharina tippt sich an die Stirn. »Sowas Blödes! Nein, durch eine Anzeige. Mindestens zehn Leute haben sich gemeldet. Die Tauben-Oma hat mir gleich sehr gut gefallen, und außerdem wohnt sie im Haus nebenan.«

Benjamin fragt: »Und der Klabautermann-Onkel, ist der auch nur geliehen?«

Katharina nickt. »Den habe ich mit der Tauben-Oma dazugekriegt. Einfach so.«

»Na ja«, sagt Inga. »Ich habe auch einen Onkel mit meiner Mutter dazugekriegt. Aber den hätte ich lieber nicht.«

Katharina dreht sich zu Benjamin. »Du, Benjamin?«

»Was?«

»Stimmt es, daß Wohngemeinschaft nur was für junge Leute ist?«

»So'n Blödsinn«, sagt Benjamin. »Wie kommst du denn dadrauf? Meine Mutter ist fünfunddreißig und Jakob sogar schon achtunddreißig. Wer hat dir denn so'n Mist erzählt?«

»Die Tauben-Oma meint das.« Katharina berichtet von Onkel Wilhelm und der Kündigung. Und von ihrer Idee.

»Hat sie denn so eine große Wohnung?« fragt Benjamin.

»Drei Zimmer und eine Küche«, erklärt Katharina. »Und eigentlich ist sie sowieso immer nur in der Küche. In dem einen Zimmer steht nur Kram.«

»Dann würde es schon gehen«, sagt Benjamin. »Es braucht halt jeder sein eigenes Zimmer. Damit man die Tür zumachen kann, wenn's Krach gibt.«

»Warum sucht dein Onkel Wilhelm nicht mit einer Anzeige?« fragt Beate.

Katharina zuckt mit den Schultern. »Die Tauben-Oma sagt, das ist rausgeschmissenes Geld, das bringt nichts. Zu viele Leute suchen über eine Anzeige.«

»Halt«, sagt Benjamin. »Laßt mich mal nachdenken.«

»Kannst du das überhaupt?« fragt Beate.

Benjamin boxt hinter Katharinas Rücken nach ihr.
Dann ruft er:»Ich hab's! Keine normale Anzeige.
Eine besondere. Wir malen ein Plakat.«
Er erklärt, wie er sich das Bild vorstellt:»Onkel
Wilhelm und Klabautermann ganz groß und unten
drunter ein schöner Text.«
»Das kann ich nicht«, sagt Katharina.
Benjamin winkt ab.»Wir helfen dir doch. Ich hab
doch ›wir‹ gesagt.«
Es klingelt. Die Pause ist um.
»Heut mittag bei mir« sagt Benjamin.»Bringt Filz-
stifte mit, ich hab keine mehr.«
»Ich glaub, ich darf nicht«, sagt Inga.»Ich habe
Klavierstunde.«
»Ich komm ganz bestimmt«, erklärt Beate.
»Und ich sowieso«, sagt Katharina.

EIN TOLLES PLAKAT UND FILZSTIFTE
(LEIDER OHNE GRAU)

»Ich muß sofort weg«, sagt Katharina nach dem Mittagessen. »Ich geh zu Benjamin, wir wollen ein Plakat malen für Onkel Wilhelm.«

Die Tauben-Oma findet die Idee nicht schlecht. Trotzdem verlangt sie, daß Katharina zuerst ihre Aufgaben macht.

»Jetzt nicht«, sagt Katharina. »Abends.«

»Nein«, sagt die Tauben-Oma. »Jetzt. Erst die Arbeit, dann das Vergnügen.«

Sie wischt den Tisch ab. »Los, Kathi, du kannst ja ein bißchen schneller machen heute.«

Katharina fängt an.

»So schnell nun auch wieder nicht«, sagt die Tauben-Oma, die ihr beim Schreiben zuschaut.

»Noch schneller«, sagt Katharina.

Als sie fertig ist, rennt sie zur Theodor-Fontane-Straße. Ihr Fahrrad ist immer noch nicht repariert. Jedesmal kommt was anderes dazwischen. Katharina hat es so eilig, daß sie vergißt, bei Hasso vorbeizuschauen, obwohl sie es ihm versprochen hat. Und die Filzstifte hat sie auch vergessen.

Flipper kommt ans Gartentor und begrüßt sie, als ob

er sie schon ewig lang kennen würde. Dorian ist nicht im Sandkasten, aber seine Blechtasse steht auf dem Holzrand. Katharina geht ins Haus, den Flur entlang, die Treppe hinauf. Sie klopft an Benjamins Tür.

Er hat den Tisch zur Seite gerückt und einen großen Bogen Papier auf dem Boden ausgebreitet. Mit einem Bleistift zeichnet er an einem Mann herum.

»Da bist du ja endlich«, sagt er. »Ich hab schon auf euch gewartet. Beate ist auch noch nicht da.«

»Ich hab erst Aufgaben machen müssen«, erklärt Katharina.

»Sieht Onkel Wilhelm so aus?« fragt Benjamin und deutet auf das Papier. »Ich habe ihn im Profil gemalt, da ist es leichter.«

Katharina setzt sich zu ihm auf den Boden. »Nein«, sagt sie. »Onkel Wilhelm sieht viel netter aus. Und Haare hat er auch keine, er hat eine Glatze. Und eine Brille.«

»Gut, daß ich mit Bleistift vorgezeichnet habe«, sagt Benjamin, radiert die Haare wieder weg und setzt Onkel Wilhelm eine Brille auf. »Und jetzt?«

»Ein bißchen mehr Bauch«, sagt Katharina. »Er hat einen ganz gemütlichen Opabauch.«

Benjamin zieht eine schwungvolle Linie von der Brust des Mannes bis zu den Beinen.

»Mensch, doch nicht so viel«, sagt Katharina. »Einen gemütlichen Opabauch habe ich gesagt, keine Wampe!«

Benjamin drückt ihr den Bleistift in die Hand. »Mach's selber«, sagt er. »Du kennst ihn schließlich.« Nach einer halben Stunde und viel Radieren merkt Katharina, daß die Tauben-Oma nicht recht gehabt hat mit: ›Erst die Arbeit, dann das Vergnügen‹. Erst die Arbeit, dann die Schwerarbeit hätte besser gepaßt. Aber jetzt sieht sich Onkel Wilhelm schon ziemlich ähnlich. Und Klabautermann auch.

Beate ist inzwischen gekommen. Zum Glück hat wenigstens sie an die Filzstifte gedacht. Zu dritt malen sie den Onkel Wilhelm an.

»Augen?« fragt Beate.

Katharina schaut auf. »Blau.«

»Und welche Farbe hat der Hund?« fragt Benjamin.

»Grau. Dunkelgrau mit einem hellgrauen Gesicht.«

»Grau haben wir nicht«, sagt Benjamin. »Ich mach ihn schwarz.«

Katharina widerspricht: »Das geht nicht.«

»Aber wenn wir doch kein Grau haben!«

»Trotzdem«, sagt Katharina. »Stell dir vor, wie er beleidigt sein wird, wenn er das Plakat sieht.«

»Wir brauchen es ihm ja nicht zu zeigen«, sagt Beate.

105

Aber Katharina weigert sich. »Nein, schwarz geht nicht.«

Benjamin steht auf. »Ich hab eine Idee«, sagt er. »Wartet mal.«

Er geht aus dem Zimmer und kommt gleich darauf mit einem großen, flachen Holzkasten zurück. »Hier, schaut mal«, sagt er und klappt den Deckel auf. »Die Farben von Jakob.«

Mindestens dreißig Tuben sind drin. Grau ist nicht dabei. Aber Benjamin mischt mit den Fingern ein wunderschönes Grau aus Schwarz und Weiß. Es wird sehr viel Farbe, weil er am Anfang zuviel Schwarz genommen hat. »Das schmiert vielleicht«, sagt er und rührt in dem Brei herum.

»Noch heller«, sagt Katharina und drückt auf die Tube mit der weißen Farbe, bis sie ganz leer ist.

Weil es jetzt schon egal ist, malt Benjamin gleich mit den Fingern.

»Ich will auch«, sagt Beate, stippt mit dem Zeigefinger in die Farbe und malt Klabautermanns Schwanz.

Zum Schluß bessert Katharina noch aus. Die Beine ein bißchen dicker, den Schwanz ein bißchen länger. »So«, sagt sie befriedigt und wischt die Hand an der Hose ab. »So ist es prima. Aber die Farben schmieren wirklich.«

»Ölfarben«, sagt Benjamin. »Die besten Farben.«

Die grauen Finger werden auch mit Waschen nicht sauber, sie wischen sie mit Klopapier ab.

Dann sitzen sie wieder auf dem Boden und überlegen, was sie schreiben könnten.

»Onkel Wilhelm und Klabautermann suchen eine Wohnung«, schlägt Benjamin vor.

»Kein Mensch weiß, wer Klabautermann ist«, wendet Beate ein.

»Dann eben: Onkel Wilhelm und Klabautermann Klammer auf Hund Klammer zu suchen eine Wohnung.«

»Das ist besser.«

Benjamin schreibt mit dem knallroten Filzstift: *Onkel Wilhelm und Klabautermann (Hund) suchen eine Wohnung.*

Und dann schreibt er noch:

1. BILLIG
2. BILLIG
3. BILLIG
4. *In der Nähe (wenn's geht).*

»Schön«, sagt Katharina. »Bildschön.«

Auch Benjamin und Beate sind zufrieden. Eine ganze Zeitlang sitzen sie alle drei da und bewundern ihr Werk.

»Jetzt suchen wir uns noch einen schönen Platz zum Anpappen«, sagt Benjamin.

Die graue Farbe ist immer noch nicht trocken, einrollen geht also nicht. Katharina und Beate nehmen das Plakat vorsichtig an den vier Ecken. Benjamin steckt eine Rolle Tesafilm ein und macht die Tür auf.

»Wir haben die Adresse vergessen«, sagt Katharina. »Wenn jemand eine Wohnung hat, weiß er gar nicht, wo er sich melden soll.«

»Stimmt«, sagt Benjamin. »Das können wir aber dort schreiben.« Er steckt einen dicken, schwarzen Stift ein.

Unterwegs überlegen sie, wo sie das Plakat am besten anbringen. »In der Kepplerstraße«, schlägt Beate vor. »An der großen Litfaßsäule.«

»Am Kino ist es besser«, sagt Benjamin. »Da gehen mehr Leute hin.«

»Blödmann«, sagt Beate. »Aber doch nur junge, die haben keine Wohnungen zu vermieten.«

»Selber blöd!« sagt Benjamin beleidigt, weil Beate vielleicht recht hat.

»Hört endlich auf«, sagt Katharina. »Wir machen es am Karolinenplatz an. Am Stützgestell von dem alten Baum.«

Benjamin und Beate finden den Platz auch nicht schlecht. Sie machen sich auf den Weg zum Karolinenplatz.

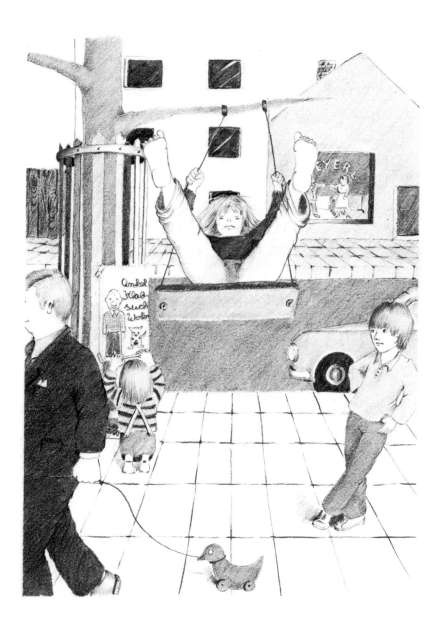

Es ist gar nicht so einfach, das Plakat an dem Gestell festzumachen, sie kommen richtig ins Schwitzen. Aber dann hängt es endlich. Es macht sich großartig.

»Schöner hätte es nicht werden können«, sagt Benjamin. »Supertolle Spitzenklasse.«

Aber die graue Farbe ist immer noch naß und schmierig.

»Da kann man nichts machen«, sagt Benjamin. »Jetzt langt's mir. Spielen wir noch was?«

MEINE SACHEN, DEINE SACHEN UND JAKOBS ÖLFARBEN

Aus der Wohngemeinschaftsküche klingt lautes Reden.

»Jakob«, sagt Benjamin. »Er ist wieder mal sauer.« Benjamin macht die Küchentür auf.

»Da bist du ja endlich«, schreit ein großer, dünner Mann. »Wer hat dir verdammt noch mal erlaubt, meine Ölfarben zu nehmen? Weißt du denn, wie teuer die sind?« Er geht auf Benjamin zu.

Katharina bleibt erschrocken stehen, weil sie denkt, daß er Benjamin eine Ohrfeige geben wird. Aber das tut er nicht. Er baut sich vor Benjamin auf.

»Also, wer hat es dir erlaubt?« fragt er.

Biggi sitzt am Küchentisch und füttert Dorian. »Reg dich doch nicht so auf, Jakob«, sagt sie. »Das kann doch mal passieren in einer Wohngemeinschaft. Und so unersetzlich sind sie schließlich auch nicht, deine Farben.«

Aber Jakob läßt sich nicht beruhigen. »Rutscht mir doch alle den Buckel runter!« schreit er. »Wohngemeinschaft hin oder her, es sind *meine* Farben. In Zukunft schließe ich mein Zimmer ab, damit ihr's wißt!« Dorian lacht und spuckt dabei den Brei aus.

Geduldig schiebt Biggi den Brei zurück und dreht sich dann zu Jakob.

»Mach dich doch nicht lächerlich«, sagt sie. »Bei der Diskussion damals hast du selbst gegen Schlüssel gestimmt. Wir wollen zusammenleben, hast du gesagt, und nicht jeder in seinem Zimmer seine Sachen bewachen. Und jetzt stellst du dich so an.«

Jakob kümmert sich nicht mehr um Benjamin, er setzt sich zu Biggi an den Tisch. »Ist ja gut«, sagt er. »Aber wenn's um meine Ölfarben geht...«

»Das ist das Risiko«, sagt Biggi. »Du muß halt mit Benjamin reden und ihm erklären, daß dir deine Farben wichtig sind.«

»Weiß ich ja«, sagt Benjamin. »Aber mir waren sie auch wichtig. Wir haben ein Plakat gemalt, mit Filzstiften. Aber da war kein Grau dabei, und Kathi hat gesagt, Schwarz geht nicht.«

»Was für ein Plakat?« fragt Biggi interessiert. »Übrigens, deine Mutter hat angerufen, sie kommt heute später.«

»O.K.«, sagt Benjamin. Er zieht sich einen Stuhl zum Tisch. Katharina und Beate gehen jetzt auch in die Küche und setzen sich hin.

»Ein Plakat für Kathis Onkel Wilhelm«, sagt Benjamin und erklärt die Geschichte.

»Toll«, sagt Biggi. »Dorian, mein Schatz, kannst du

nicht ein bißchen schneller essen? Wir machen noch
einen Spaziergang, ich will das Plakat sehen.«
Jakob sagt nichts mehr.
»Noch ein Löffelchen«, sagt Biggi zu Dorian und
lacht. »Für wen würdest du denn gern essen? Für
den Onkel Hinz und den Onkel Kunz?«
»Für den Onkel Wilhelm«, sagt Katharina.
Dorian spuckt den Brei aus.
»Er ist satt«, erklärt Biggi und bindet ihm das
Lätzchen ab. »Jakob, kommst du auch mit?«
»Was hast du denn gedacht«, sagt Jakob. »Wenn
meine teuren Ölfarben schon irgendwo auf einem
Plakat sind, muß ich es mir doch wenigstens mal
anschauen. Gib mir den kleinen Spucker rüber, ich
trag ihn.«
Er setzt sich Dorian auf die Schultern. Der kreischt
vor Vergnügen und hält sich an Jakobs Haaren fest.
Alle zusammen gehen sie zum Karolinenplatz.
Biggi bleibt vor dem Plakat stehen. »Wunderbar«,
sagt sie. »Ehrlich, Jakob, es braucht dir nicht leid zu
tun um deine Farben. Was für ein schöner, grauer
Hund!«
Jakob hebt Dorian von seinen Schultern und stellt
ihn auf den Boden. »Biggi, dein Sohn wird von Tag
zu Tag schwerer. Bist du sicher, daß er soviel essen
muß?«

Er wendet sich an Benjamin, Katharina und Beate. »Ein schönes Plakat! Aber gut, daß wir nochmal hergekommen sind. Ihr habt die Adresse vergessen.«

Benjamin zieht den dicken schwarzen Stift aus seiner Hosentasche.

»Schreib am besten unsere Telefonnummer«, sagt Biggi. »Bei uns ist immer jemand zu Hause.«

Benjamin schreibt.

Als er fertig ist, nimmt Jakob ihm den Stift aus der Hand und betrachtet ihn. »War das nicht auch mal meiner?« fragt er.

»Kann schon sein«, sagt Benjamin.

ZERBROCHENES PORZELLAN UND AUS-
GESTORBENE RÄUBER

Sonntag morgen beim Frühstück sagt Katharinas Mutter: »Hertha kommt nachher, sie will mit uns eine Radtour machen zum Waldsee, mit Mittagessen im Gasthaus. Freust du dich?«

»Aber mein Rad ist doch kaputt«, sagt Katharina. »Hast du das vergessen?«

»Verdammt«, sagt ihre Mutter. »Daran habe ich wirklich nicht mehr gedacht. Dann aber schnell.« Sie springt auf und holt das Flickzeug. »Räum du den Tisch ab, Kathi, ich geh schon mal in den Keller.«

Katharina räumt den Tisch ab. Dann zieht sie ihre Trainingshose an, weil die zum Radfahren viel bequemer ist, und geht auch in den Keller.

Ihre Mutter hat den Vorderreifen schon vom Rad abmontiert und zerrt gerade den Schlauch aus dem Mantel. »Du kommst genau richtig«, sagt sie zu Katharina. »Hol doch schnell eine Schüssel Wasser.« Katharina steigt die Treppe wieder hinauf. Erst oben an der Wohnungstür merkt sie, daß sie keinen Schlüssel hat. Sie geht zurück in den Keller und nimmt den Schlüssel von ihrer Mutter.

115

»Hättest auch gleich dran denken können«, sagt die Mutter. »Los, beeil dich. Die Hertha wird bald kommen.«

Katharina beeilt sich. Und vor lauter Beeilen stolpert sie mit der vollen Wasserschüssel auf der untersten Treppenstufe und fällt der Länge nach auf den Boden.

Die Schüssel ist aus Porzellan gewesen.

Die Mutter läßt den Schlauch fallen und hilft Katharina beim Aufstehen. Als sie sich überzeugt hat, daß ihr nichts passiert ist, sagt sie: »Du hättest auch ein bißchen besser aufpassen können! Wo wir es doch so eilig haben.«

Katharina fängt an zu heulen. »Und du hättest das Rad schon längst reparieren können«, schluchzt sie. »Dann hätten wir es jetzt nicht so eilig.«

Sie weint laut. Das kann sie hervorragend.

Ihre Mutter nimmt sie erschrocken in den Arm. »Wein nicht, Kathi! Bitte hör auf zu weinen. Du hast ja ganz recht. Und außerdem ist es diese Scheißschüssel doch gar nicht wert!«

Katharina hört auf zu weinen und wischt sich mit dem Ärmel die Tränen aus dem Gesicht. »Du sollst nicht immer Scheiße sagen. Das gehört sich nicht, sagt die Tauben-Oma.«

Die Mutter läßt Katharina los und sammelt die

Scherben auf. »So, das sagt die Tauben-Oma? Ja, dann! Willst du nochmal Wasser holen oder soll ich?«

»Ich«, sagt Katharina.

Diesmal klappt alles, sogar mit Beeilen. Katharina bringt eine andere volle Schüssel, die Mutter dreht den Schlauch durch das Wasser, findet das Loch und flickt es.

Und als Hertha kommt, sind Katharina und ihre Mutter fertig. »Mit den Nerven auch«, sagt die Mutter.

Hertha hat eine rote Jeans an, einen roten Pullover und einen roten Anorak und sieht sehr schön aus.

»Hallo, Hertha«, schreit Katharina und springt an ihr hoch. »Willst du ›Ein Männlein steht im Walde‹ spielen?«

Hertha fängt sie auf. »Hallo, Katharina die Große!« Sie wendet sich an Katharinas Mutter. »Sag mal, Ursel, bist du wirklich sicher, daß der Vater von diesem Ding da ein normaler Mensch ist? Nicht zufällig ein Affe oder sowas?«

Katharina lacht. »Das ist neu! Wann ist dir denn das eingefallen?«

»Laß Hertha los, damit wir endlich fahren können«, sagt die Mutter. »Ich hab jetzt schon Hunger.«

Und zu Hertha sagt sie: »Ein ziemlich normaler

Mensch. Mit braunen Haaren und braunen Augen.«
Dann schaut sie noch einmal nach, ob der Herd auch
wirklich ausgeschaltet ist und im Klo kein Licht
mehr brennt, und sie fahren los.

In der Stadt ist es noch ziemlich langweilig. Sie
fahren hintereinander, Hertha und die Mutter
haben Katharina zwischen sich genommen. Aber
dann sind sie endlich draußen. Als sie auf einen
Feldweg abbiegen, ist es mit den Autos ganz vorbei.
Katharina kann fahren, wie sie will. Bögen oder
Achter oder einhändig.

»Fall bloß nicht runter«, ruft ihre Mutter. »Einmal
am Tag ist genug!«

Der Wald ist schön mit dem bunten Herbstlaub.
Aber ziemlich dunkel.

»Im Wald, da sind die Räuber«, fängt Hertha laut an
zu singen.

»Trari, trara, die Räuber«, singt Katharinas Mutter
mit.

Sie singen sehr laut. So laut, daß die Räuber sie
hören müßten. Wenn es sie gäbe.

»Es gibt gar keine Räuber«, sagt Katharina.

Hertha fragt: »Bist du ganz sicher?«

»Ja«, behauptet Katharina. »Die sind ausgestorben.
Genau wie diese komischen Saurier.«

Aber sie radelt schneller.

Und dann, nach einer Kurve, liegt der Waldsee vor ihnen. Und das Gasthaus.

»Gott sei Dank«, seufzt die Mutter. »Ich hatte schon Angst, ich müßte verhungern.«

Sie steigen von den Rädern und gehen mit Wackelknien in die Gaststube.

»Wieviel darf's denn kosten?« fragt Katharina, als der Kellner die Speisekarte bringt.

»Willst du keine Würstchen?« fragt ihre Mutter.

Hertha lacht. »Heute lade ich dich ein, Kathi. Weil du bald Geburtstag hast. Was willst du denn?«

»Wiener Schnitzel und Pommes frites«, sagt Katharina. »Und geht zum Nachtisch noch ein Eis?«

»Geht«, sagt Hertha.

Katharina ist zufrieden. »Die Tauben-Oma hat mir auch Schnitzel und Pommes frites versprochen zu meinem Geburtstag«, erklärt sie. »Und Vanillepudding zum Nachtisch.«

»Ach, die Tauben-Oma«, sagt Hertha. »Wie geht es ihr denn?«

»Gut«, antwortet Katharina. »Aber Onkel Wilhelm sucht eine Wohnung. Und die Tauben-Oma will keine Wohngemeinschaft mit ihm machen, weil das nur was für junge Leute ist.«

»Halt«, sagt Hertha und winkt dem Kellner. »Erst mal bestellen.«

Das tun sie. Dann sagt Hertha: »Also jetzt ganz langsam, Kathi. Was ist mit Wohngemeinschaft und jungen Leuten?«

Katharina erklärt alles so langsam, daß Hertha es versteht.

Hertha hört aufmerksam zu. »Die Tauben-Oma und Onkel Wilhelm als Wohngemeinschaft!« Sie schüttelt verwundert den Kopf und sagt zu Katharinas Mutter: »Gar nicht dumm, deine Tochter.«

Die Mutter lacht. »Nein, dumm ist sie nicht! Aber die Tauben-Oma wird es nicht machen. Sicher findet sie, daß sich das nicht gehört.«

»Stimmt«, sagt Katharina. »Wäre auch ein großer Schritt für eine alte Frau«, sagt Hertha. »Aber gerade für alte Leute würde das viel bringen. Statt daß jeder für sich allein lebt und nicht weiß, was er machen soll. Und billiger wäre es auch.«

Katharinas Mutter nickt. »Außerdem könnten sie sich gegenseitig helfen.«

Katharina wird es langweilig. »Kann ich noch ein bißchen raus, bis das Essen kommt?« fragt sie. »Nur mal ums Haus rennen.«

»Ja«, sagt ihre Mutter. »Aber paß auf die Räuber auf, ich brauch dich noch.«

Katharina zieht ihren Anorak an. »Wozu denn?« fragt sie. »Zum Porzellanzerschlagen?«

GESCHLOSSENE FENSTERLÄDEN UND MÄNNER, DIE PUTZEN (NA SOWAS!)

Der Dachboden in der Theodor-Fontane-Straße ist staubig, schummrig und schön. Staubig, weil kein Mensch den Dachboden putzt. »Das lohnt sich doch gar nicht«, sagt Benjamin. Schummrig, weil nur wenig Licht durch die Lukenfenster fällt, und schön, weil es schön ist. Überall stehen Kisten und Koffer herum, alte Stühle, ein Tisch, Bilderrahmen, eine große Matratze, ein rostiges Fahrrad und sonst noch alles mögliche. In den Kisten sind Kleider, Bücher, alte Vorhänge und solche Sachen. Sogar einen Karton mit Weihnachtsschmuck haben sie gefunden. Was alles in den Ecken steht, kann man gar nicht richtig erkennen. Deshalb ist es auch ein bißchen unheimlich.

Katharina, Benjamin und Beate sitzen mit trüben Gesichtern auf der großen Matratze.

»Warum kratzt du dich so, Kathi?« fragt Beate.

»Vielleicht hab ich Flöhe«, antwortet Katharina.

»Wenn ich zwei hab, willst du dann einen?«

»Nein, bloß nicht!« ruft Beate.

Katharina schiebt ein Hosenbein hoch und kratzt sich am Knie. »Das wird dir noch leid tun«, sagt sie.

»Wieso denn?«

»Ich habe nämlich besondere Flöhe. Die sind ganz lieb und lassen sich leicht dressieren. Deshalb mache ich einen Flohzirkus auf und werde reich. Und wenn du dann kommst, zeig ich sie dir und sag zu ihnen: Schaut her, das ist die böse Tante, die euch nicht gewollt hat. Und dann stechen sie dich.«

Beate grinst. Aber Benjamin hat heute nichts übrig für Geschichten.

»Hör auf«, sagt er. »So ein schönes Plakat und noch immer keine Wohnung. Ich versteh das nicht. Vier Tage hängt es jetzt schon dort.«

Er zerrt einen geblümten Vorhang aus einer Kiste und wickelt sich hinein, weil ihm kalt ist.

»Vielleicht, wenn wir es doch an der Litfaßsäule angemacht hätten«, sagt Beate. »Irgendwo muß es doch Wohnungen geben.«

Benjamin nickt. »Bestimmt gibt es welche. Aber finden ist das Problem!«

Katharina zieht ihr Hosenbein wieder runter.

»Ich hab's«, ruft sie auf einmal. »Wir gehen einfach durch die Straßen und gucken, wo eine Wohnung leer ist. Da klingeln wir dann bei den Nachbarn und fragen.«

»Und wie willst du sehen, ob eine Wohnung leer ist?« fragt Beate.

»Das merkt man doch. Wenn die Fenster nicht geputzt sind oder keine Gardinen dran.«
»Wir haben auch manchmal dreckige Fenster«, sagt Benjamin. »Trotzdem ist das eine prima Idee.«
»Find ich auch«, sagt Beate.
Benjamin wirft den Vorhang ab und steht auf. »Worauf wartet ihr denn?« Er geht voraus. Als er das Lukenbrett anhebt, wird es ein bißchen heller.
»Mir ist das Bein eingeschlafen«, sagt Beate und hinkt hinter den anderen her.
»Besser das Bein als der Verstand«, sagt Katharina und hilft Beate die steile, enge Bodentreppe hinunter. Trüb und nieselig ist es draußen. Beate zieht sich die Kapuze über den Kopf.
»Mach ich nicht«, sagt Katharina. »Vom Regen wächst man.«
»Ich auch nicht«, sagt Benjamin. »Weil ich nämlich gar keine Kapuze dranhab.«
Sie fangen gleich in der Theodor-Fontane-Straße an. Aber alle Häuser sehen bewohnt aus.
In der Wedekindstraße bleibt Beate stehen. »Wenn wir jeder in einer anderen Straße suchen, geht es schneller«, sagt sie.
Aber Katharina und Benjamin wollen das nicht. Sie finden es zu langweilig, allein herumzulaufen.
»Außerdem trau ich mich bestimmt nicht, an einer

fremden Tür zu klingeln«, sagt Katharina. »Ich hab da immer Angst.«

»Ich auch«, sagt Beate.

Benjamin schaut sie erstaunt an. »Ich nicht. Ich hab sogar schon wo geklingelt und gefragt, ob ich was zu trinken haben kann.«

»Da würde ich eher verdursten«, sagt Katharina.

Sie gehen zusammen weiter. Und dann entdeckt Beate ein Haus. »Da, schaut mal«, ruft sie. »Im ersten Stock sind alle Rolläden runter.«

Sie klingeln im Erdgeschoß. *Köhler* steht auf dem Namensschild. Eine Frau mit einer Zigarette in der Hand macht die Tür auf.

»Was wollt ihr denn?« fragt sie.

»Guten Tag, Frau Köhler«, sagt Benjamin. »Wir suchen eine Wohnung für unseren Onkel. Und weil im ersten Stock die Läden unten sind...«

Die Frau unterbricht ihn. »Die Leute sind im Urlaub«, sagt sie, »und kommen in zwei Wochen zurück.«

»Ach so«, sagt Benjamin.

Die Frau macht die Tür wieder zu.

Katharina, Benjamin und Beate gehen weiter.

Nach zwei Stunden wissen sie gleich mehrere Gründe, warum eine Wohnung unbewohnt aussehen kann:

1. die Leute sind im Urlaub (zweimal)
2. die Besitzerin ist im Krankenhaus (einmal)
3. die Wohnung wird renoviert (zweimal)
4. die neuen Mieter sind noch nicht eingezogen (einmal)
5. »Ach du lieber Himmel, ich hab vergessen, die Rolläden hochzuziehen!« (einmal)
6. die Gardinen werden bloß gewaschen (einmal)

»Ich mag nicht mehr«, sagt Beate. »Mir tun die Füße weh. Und Hunger hab ich auch.«
Katharina schlägt vor, zur Tauben-Oma zu gehen und dort etwas zu essen. »Wir wohnen gleich um die Ecke«, sagt sie.
Katharina klingelt dreimal, und die Tauben-Oma macht die Tür auf.
»Das sind Beate und Benjamin«, sagt Katharina. »Wir haben Hunger. Kriegen wir ein Stück Brot?«
»Aber natürlich«, sagt die Tauben-Oma und macht die Tür weit auf. »Kommt rein, setzt euch. Wollt ihr Kakao?«
Benjamin und Beate nicken. Katharina stellt Teller und Tassen auf den Tisch.
»Vergiß die Messer nicht«, sagt die Tauben-Oma. »Und Butter und Honig. Ein bißchen Käse ist auch noch da.«

Sie bringt eine Kanne Kakao und gießt ein.

»Danke«, sagt Beate.

Die Tauben-Oma setzt sich zu ihnen an den Tisch.

»Du bist also der Benjamin, der in der Wohngemeinschaft wohnt«, sagt sie. »Ist das wirklich so schön, wie Kathi immer erzählt?«

Benjamin lacht. »Meistens schon, aber nicht immer. Manchmal gibt's auch Krach. Trotzdem gefällt's mir besser als mit meiner Mutter allein.«

»Und wer kocht?« fragt die Tauben-Oma. »Wer putzt die Wohnung? Wer kauft ein? Wer wäscht die Wäsche?«

»Kochen tut der Küchendienst«, erklärt Benjamin. »Putzen der Putzdienst, eingekauft wird einmal in der Woche, und seine Wäsche wäscht jeder selbst.«

»Und die Männer?« fragt die Tauben-Oma. »Kochen die etwa auch?«

Benjamin ist erstaunt. »Natürlich kochen die. Und putzen tun sie auch. Schließlich machen sie ja auch Dreck und wollen was essen. Bei uns wird abgewechselt.«

Die Tauben-Oma schüttelt verwundert den Kopf. »Männer, die putzen«, sagt sie. »Also sowas! Mein Herrmann hätte das nie gemacht. Nur wenn ich todkrank gewesen wäre.«

»Bei uns macht jeder alles«, sagt Benjamin. »Aber

126

wenn Jakob kocht, schmeckt es mir meistens nicht. Der macht zuviel Salz und Pfeffer ans Essen.«

»Aber die Biggi kocht prima«, sagt Beate.

»Ist noch Kakao da?« fragt Katharina.

Die Tauben-Oma steht auf und holt die Kanne.

»Männer, die putzen«, sagt sie, noch immer kopfschüttelnd.

»Der Onkel Wilhelm putzt seine Wohnung doch auch ganz allein«, sagt Katharina.

»Ja, weil er keine Frau hat«, sagt die Tauben-Oma.

»Aber wenn er eine hätte . . .«

Sie gießt auch Benjamins Tasse noch einmal voll.

»Wie viele Leute wohnen denn eigentlich bei euch?«

Benjamin zählt auf: »Ich und meine Mutter und Biggi und Dorian und Jakob und Stefan und Claudia.«

»So viele Leute«, sagt die Tauben-Oma. »Daß das überhaupt geht!«

»Sie können uns ja mal besuchen«, sagt Benjamin. »Da können Sie sehen, daß es geht.«

»Ach nein«, sagt die Tauben-Oma. »Katharina, wie wär's noch mit Nußhörnchen vom Bäcker Körner?«

»Prima«, sagt Katharina. Die Tauben-Oma holt Geld aus ihrer Schürzentasche.

EINMAL IN DER WOCHE BADEN UND EINE ALTE SCHACHTEL FÜR DEN GRÖSSTEN NOTFALL

»Na, wie war's in der Schule?« fragt die Tauben-Oma, als Katharina mittags nach Hause kommt. Es riecht nach Pfannkuchen.

»Prima«, sagt Katharina und schmeißt ihren Ranzen in den Flur. »Ganz prima! Wir haben im Turnen Abwerfen gespielt, und ich bin die Beste gewesen.«

»Heb deinen Ranzen auf«, sagt die Tauben-Oma.

Katharina hebt ihren Ranzen auf und stellt ihn in der Küche neben den Schrank.

»Ich hab einen Mordshunger«, sagt sie.

»Dann deck den Tisch«, sagt die Tauben-Oma.

Katharina deckt den Tisch, die Tauben-Oma legt ihr einen Pfannkuchen auf den Teller.

»Du machst die besten Pfannkuchen von der Welt«, sagt Katharina und fängt an zu essen.

Die Tauben-Oma holt mit der kleinen Kelle Teig aus der Schüssel und läßt ihn in die heiße Pfanne rinnen. Das Öl zischt. Die Tauben-Oma sagt »Au«, weil ihr ein Tropfen Öl auf die Hand gespritzt ist. Dann dreht sie sich zu Katharina um. »Ich hab mein ganzes Leben lang gekocht«, sagt sie. »Gekocht, geputzt, gewaschen, genäht. Das kann ich gut. Sehr gut sogar. Der Benjamin soll mir bloß nicht erzählen, daß irgendwelche Männer das genauso gut können.«

»Ich will nicht mein ganzes Leben lang kochen, putzen, waschen und nähen«, sagt Katharina.

Die Tauben-Oma wendet die Pfannkuchen und brummt dabei vor sich hin.

»Und vergiß nicht, daß ich übermorgen Geburtstag habe«, sagt Katharina.

»Seit zwei Wochen erzählst du mir das jeden Tag mindestens fünfmal«, antwortet die Tauben-Oma. »Ich weiß es inzwischen ganz genau.«

»Sei doch froh«, sagt Katharina. »Stell dir vor, wie peinlich dir das wäre. Wenn ich Geburtstag hätte und du hättest kein Geschenk für mich, nur weil du es vergessen hast.«

Die Tauben-Oma lacht und stellt einen Teller voll Pfannkuchen auf den Tisch. »Ich werd's schon nicht vergessen«, sagt sie.

»Was krieg ich denn von dir?« erkundigt sich Katharina und nimmt einen Pfannkuchen.

Die Tauben-Oma setzt sich auch hin und fängt an zu essen. »Ein goldenes Garnichts und ein silbernes Wart-ein-Weilchen«, sagt sie. »Kleine Mädchen sollten nicht so neugierig sein.«

»Von wegen klein«, sagt Katharina. »Klein aber oho, hat die Essig heute gesagt.«

»Halt endlich mal den Mund und iß, daß du was wirst«, sagt die Tauben-Oma.

Draußen auf dem Flur klingelt das Telefon. Die Tauben-Oma steht auf und geht hinaus. Sie nimmt den Hörer ab. »Hier Taube«, sagt sie. Und dann: »Wirklich? Warten Sie, ich hol mir schnell was zum Schreiben.«

Sie kommt in die Küche und wühlt in der Tischschublade.

»Nie findet man hier was«, sagt sie ungeduldig. Katharina holt schnell einen Bleistift aus ihrem Ranzen. »Da«, sagt sie.

Die Tauben-Oma nimmt den Bleistift und die Zeitung, die auf dem Küchenschrank liegt, und geht wieder zum Telefon. Mit der einen Hand hält sie den Hörer ans Ohr, mit der anderen schreibt sie auf den Zeitungsrand. »Ja, ich verstehe«, sagt sie. »Ja. Reuter. Uhlandstraße zwölf. Ja, ich geh gleich hin. Natürlich. Und vielen Dank auch, Frau Biggi.«

Die Tauben-Oma legt den Hörer auf, reißt den Rand mit dem Geschriebenen von der Zeitung ab und kommt zurück in die Küche. »Für Onkel Wilhelm«, sagt sie. »Eine Frau Reuter hat angerufen. Sie hat euer Plakat gesehen.«

»Mensch, toll!« ruft Katharina begeistert. »Darf ich mit?«

Die Tauben-Oma nickt. »Natürlich. Iß ein bißchen schneller, wir gehen gleich.«

Sie selbst hat keinen Hunger mehr. Sie bindet ihre Schürze ab und geht ins Badezimmer, um sich zu kämmen. Als sie zurückkommt, hat Katharina schon ihren Anorak angezogen und wartet.

»Wasch dir noch die Hände«, sagt die Tauben-Oma. »Wir müssen ordentlich aussehen.«

Katharina geht ins Badezimmer und wäscht sich die Hände. Sogar mit Seife, obwohl sie das für übertrieben hält. Was haben saubere Hände mit einer Wohnung zu tun? »Aber von mir aus«, sagt sie zu ihrem Spiegelbild. »An mir soll's nicht liegen.«

Die Tauben-Oma hält ihren braunen Werktagsmantel in der Hand, betrachtet ihn von allen Seiten und hängt ihn zurück an den Haken. Dann holt sie den guten grauen aus dem Kleiderschrank und zieht ihn an. »Fein siehst du aus«, sagt Katharina.

Die Tauben-Oma drängt sie aus der Wohnung und schließt die Tür ab. »Komm«, sagt sie. »Ach Gott, hoffentlich ist das was.«

Die Uhlandstraße ist nicht weit entfernt, höchstens zehn Minuten. Die Tauben-Oma geht so schnell, daß Katharina Mühe hat mitzukommen. Sie muß fast rennen. »Und nachher mußt du wieder schnaufen«, sagt sie zur Tauben-Oma. Die gibt keine Antwort.

»Stell dir mal vor, der Onkel Wilhelm wohnt so nah«, sagt Katharina. »Da kann ich immer den Klabautermann holen und mit ihm spazierengehen. Meinst du, er verträgt sich mit Flipper?«

»Freu dich nicht zu früh«, sagt die Tauben-Oma. »Wir wissen ja noch gar nicht, ob's was wird.«

Vor dem Haus Nummer zwölf bleiben sie stehen. Es ist ein großes Haus mit vier Stockwerken, vielen Wohnungen und vier Reihen Klingelknöpfen. *Reuter* steht in der zweiten Reihe. Die Tauben-Oma klingelt und fummelt noch schnell an Katharinas Haaren herum. »Du hättest dich ruhig auch kämmen können«, sagt sie.

Der Türsummer geht. Die Tauben-Oma drückt die Tür auf, und sie steigen nebeneinander die Treppe hoch zum zweiten Stock. Dort bleiben sie stehen.

Die mittlere der drei Wohnungstüren geht auf, und eine ältere Frau kommt heraus. Sie hat ein schwarzes Kleid an mit einer großen Brosche auf der Brust.

»Wir kommen wegen der Wohnung«, sagt die Tauben-Oma. »Sie haben doch angerufen.«

Die Frau hält ihr die Hand hin und sagt ihren Namen: »Reuter.«

Die Tauben-Oma nimmt die Hand und schüttelt sie.
»Sehr angenehm«, sagt sie. »Taube.«
Frau Reuter zieht ihre Hand schnell zurück.
»Die Wohnung ist für meinen Vetter«, sagt die
Tauben-Oma. »Er muß ausziehen, weil das Haus, in
dem er wohnt, abgerissen werden soll.«
»Kommen Sie doch bitte herein«, sagt Frau Reuter.
Die Tauben-Oma und Katharina folgen ihr in einen
engen, dunklen Flur.
»Es ist keine richtige Wohnung«, sagt Frau Reuter.
»nur ein Zimmer und eine Kammer. Ich bin seit
sechs Monaten Witwe, wissen Sie, und da ist mir die
Wohnung zu groß und zu einsam.«
Sie drückt auf eine Klinke und macht die Tür auf.
»Das hier ist das Zimmer«, sagt sie.
Katharina quetscht sich an der Tauben-Oma vorbei
und geht hinein. Es ist nicht sehr groß, ein Tisch und
drei Stühle stehen darin, eine Kommode, ein Sofa.
Über dem Sofa hängt ein Bild mit drei Hirschen im
Wald, die von Hunden gejagt werden. Ein Jäger mit
Gewehr schaut hinter einem Baum hervor.
»Und da ist die Kammer«, sagt Frau Reuter und
öffnet eine Zwischentür.
In der Kammer stehen ein Bett, ein Nachttisch und
ein Kleiderschrank.
»Mit fließendem Wasser«, sagt Frau Reuter und

deutet auf ein winziges Waschbecken in der Ecke zwischen Kleiderschrank und Wand. »Natürlich kann der Herr auch einmal in der Woche baden, drüben im Badezimmer. Da habe ich nichts dagegen.«

»Und kochen?« fragt die Tauben-Oma.

»Er kann meine Küche mitbenutzen«, sagt Frau Reuter. Katharina dreht sich zur Tauben-Oma um. »Fein«, sagt sie. »Das gefällt mir. Wie in einer Wohngemeinschaft. Mit einer gemeinsamen Küche.«

»Um Gottes willen, nein!« sagt Frau Reuter und muß husten. »Nein, sowas doch nicht! Die Küche gehört mir. Und so ein alleinstehender Herr wird wohl nicht so oft kochen, stelle ich mir vor. Er wird wohl oft essen gehen.«

»Ja«, sagt die Tauben-Oma. »Zum Essen kann er zu mir kommen. Wieviel soll es denn kosten?«

»Dreihundertfünfzig«, sagt Frau Reuter. »Bedenken Sie, möbliert. Und es sind gute Möbel.« Sie geht zu dem Tisch und klopft mit der flachen Hand darauf. »Sehen Sie, massiv Eiche. So etwas wird heute überhaupt nicht mehr hergestellt. Fünfhundert Mark hat mir ein Antiquitätenhändler dafür geboten, allein für den Tisch. Aber man trennt sich doch ungern von so wertvollen Sachen, nicht wahr?«

»Ja«, sagt die Tauben-Oma. »Ja, natürlich.«
Sie nimmt Katharina an der Hand wie ein kleines Kind. »Ich werde es meinem Vetter sagen. Bis wann müssen Sie denn wissen, ob er das Zimmer nimmt?«
»Bald«, sagt Frau Reuter. »Solche Zimmer werden einem ja förmlich aus der Hand gerissen, hat meine Nichte gesagt. Eine Annonce, und sie würden mir das Haus einrennen. Aber ich habe gedacht, ein alleinstehender älterer Herr...« Sie zögert. »Der Hund ist doch hoffentlich reinlich und gut erzogen?«
»Ja«, sagt die Tauben-Oma. »Ja, natürlich. Also dann, auf Wiedersehen. Sie hören von uns. Ich sag's meinem Vetter noch heute.«
Sie zieht Katharina hinter sich her aus der Wohnung. »Auf Wiedersehen«, ruft Frau Reuter ihnen nach.
Auf der Treppe sagt die Tauben-Oma gar nichts, auch in der Uhlandstraße nicht. Erst als sie um die Ecke gebogen sind, bleibt sie stehen und sagt laut: »So eine alte Schachtel!«
Katharina lacht. »Hast du die Brosche gesehen?« fragt sie. »Und das Bild über dem Sofa?«
»Ja«, sagt die Tauben-Oma. »Einmal in der Woche baden. Und wenn er zweimal will?«
»Mir würde einmal langen«, sagt Katharina. »Und wenn er wirklich zweimal will, kann er doch bei dir

baden. Und essen auch, hast du gesagt. Fahren wir jetzt zu Onkel Wilhelm?«

»Nein«, sagt die Tauben-Oma. »Wir gehen jetzt nach Hause. Und du machst deine Aufgaben. Zum Wilhelm gehe ich heut abend. Ich muß erst nachdenken.«

Katharina ist enttäuscht. »Daß du auch nie meine Aufgaben vergißt! Das versteh ich nicht! Aber danach geh ich noch zu Benjamin. Ich muß ihm doch erzählen, daß wir eine Wohnung gefunden haben.«

Die Tauben-Oma nickt. »Für den größten Notfall hätten wir eine«, sagt sie.

Auf dem Heimweg geht sie viel langsamer.

DAS LETZTE KAPITEL UND GÄSTE ZUM FRÜHSTÜCK

Am Sonntagmorgen wacht Katharina seltsamerweise sehr früh auf. Es ist noch ganz dunkel im Zimmer. Erst weiß sie überhaupt nicht, was los ist. Sie weiß nur noch, daß sie an etwas Bestimmtes denken wollte. Gestern abend vor dem Einschlafen ist es sehr wichtig gewesen. Und jetzt?
Sonntag ist heute, denkt sie.
Und dann denkt sie: Heute habe ich Geburtstag. Das war's. Sie wird heute zehn Jahre alt. Eine schöne Zahl ist das, klingt doch gleich ganz anders als neun. Leise steht sie auf und schleicht zum Klo. Es ist noch viel zu früh, so dunkel, wie es im Zimmer ist. Sie schleicht zurück und legt sich wieder ins Bett. Sie macht sogar noch einmal die Augen zu.
Aber schlafen kann sie nicht mehr.
Langsam wird es heller. Katharina steht auf und geht noch mal aufs Klo. Diesmal macht sie die Tür etwas lauter zu.
Daß ihre Mutter heute so lange schlafen kann. Wie an einem ganz gewöhnlichen Sonntag. Wenn die einzige Tochter zehn Jahre alt wird.

Katharina zieht sich die Decke über den Kopf, damit sie im Dunkeln liegt. Das nützt aber auch nichts. Sie steht auf, geht in die Küche, reißt das Kalenderblatt ab und nimmt es mit ins Bett. Auf der Rückseite des Blattes steht ein Rezept für Grießklößchensuppe für vier Personen. Katharina liest es ganz genau durch. So oft, bis sie es Wort für Wort auswendig kann.

Dann steht sie auf, geht ins Badezimmer, obwohl sie nun wirklich nicht muß, putzt sich die Zähne, weil ihr nichts Besseres einfällt, und legt sich wieder ins Bett. Diesmal hat sie die Türen ziemlich laut hinter sich zugemacht.

Dann, endlich, hört sie ihre Mutter. Erst im Bad, dann in der Küche, dann geht die Tür von Katharinas Zimmer auf.

»Augen zu!« ruft die Mutter.

Katharina kneift die Augen fest zu.

»Augen auf!« Die Stimme der Mutter ist jetzt ganz nah.

Katharina reißt die Augen auf. Die Mutter steht vor dem Bett, noch im Nachthemd, und trägt eine zweistöckige Schokoladentorte.

»Herzlichen Glückwunsch zum Geburtstag«, sagt sie, stellt die Torte auf den Tisch und nimmt Katharina in den Arm. »Zehn Jahre gibt's dich jetzt«, sagt sie. »Du bist ganz schön groß geworden. Und

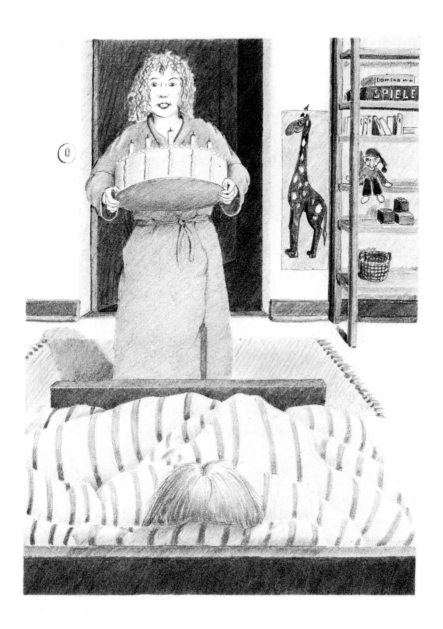

gelernt hast du auch viel. Heute vor zehn Jahren hast du nur quäk-quäk gemacht.«

»Herzlichen Glückwunsch, daß du mich zehn Jahre ausgehalten hast«, sagt Katharina. »Warum hast du nur so lang geschlafen?«

»Weil ich noch in der Nacht die Torte gebacken habe, damit du sie nicht vorher siehst.«

»Ach so«, sagt Katharina. »Und jetzt frühstücken wir gleich, gell?«

»Ja«, sagt die Mutter. »Zieh dich an. Aber ganz, ganz langsam. Ich muß noch den Geburtstagstisch decken.«

Katharina zieht sich sehr langsam an.

»Hundert Gramm Butter schaumig rühren«, sagt sie und schlüpft in ihre Unterhose. '

»Zwei Eier, ein Eigelb und zweihundert Gramm Grieß untermengen.« Sie zieht ihre Strümpfe an.

»Mit Salz, Pfeffer und Muskat würzen.« Jetzt das Unterhemd.

»Den Teig eine Stunde ruhen lassen.« Sie macht zehn Kniebeugen und nimmt ihre Jeans.

»Brühe zum Kochen bringen«, sagt sie und zieht ihren Pullover über.

»Mit zwei Teelöffeln Klößchen aus dem Teig stechen und in die Brühe fallen lassen.« Das waren die Schuhe, jetzt ist sie fertig.

Sie stellt sich vor die Zimmertür und überlegt. Dann fällt es ihr wieder ein. »Einige Minuten ziehen lassen«, sagt sie, »und danach auf vier Suppenteller verteilen und mit Brühe übergießen.«

Sie macht die Tür auf und schreit: »Bist du fertig? Ist schon Geburtstag?«

»Ja«, ruft die Mutter aus der Küche.

Katharina geht über den Flur. »Wenn Sie sich nach diesem Rezept meiner Großtante Klothilde richten«, sagt sie laut, »gelingen Ihnen die Grießklößchen immer, und Ihre Familie wird mit Ihnen zufrieden sein.«

»Bist du jetzt verrückt geworden?« fragt die Mutter. »Ausgerechnet an deinem zehnten Geburtstag? So ein Pech aber auch!«

Katharina bleibt vor dem Tisch stehen. »Wieso hast du für vier Leute gedeckt?« fragt sie erstaunt.

Ihre Mutter gießt heißes Wasser in den Kaffeefilter. »Frühstücksgäste«, sagt sie. »Hertha und die Tauben-Oma. Sie werden gleich kommen.«

Zwischen dem Frühstücksgeschirr liegen bunte Päckchen. »Eins, zwei, drei, vier, fünf, sechs, sieben, acht, neun, zehn«, zählt Katharina. »Genau richtig.«

»Pack schon aus«, sagt die Mutter.

Katharina nimmt ein großes Päckchen und macht es

auf. Ein Schlittschuh ist darin. Den zweiten findet sie im nächsten Päckchen. Im dritten ist ein Buch, im vierten ein Kasten Wasserfarben, im fünften noch ein Buch, im sechsten, einem ganz kleinen, ein silbernes Kettchen mit einem Herzchen dran, im siebten eine Tafel Schokolade, im achten eine Kokosnuß, im neunten ein Zeichenblock, im zehnten ein Gummibärchen.

»Ich hab das zehnte Geschenk nicht mehr gefunden«, sagt die Mutter.

»Toll«, sagt Katharina.

»Bist du zufrieden?«

»Und wie!«

Die Mutter stellt gerade die Kaffeekanne auf den Tisch, als es klingelt. Katharina macht die Tür auf.

»Hallo, Hertha«, ruft sie.

Hertha drückt ihr ein Paket in die Hände. »Pack es gleich aus, Kathi, ich bin gespannt, ob es dir gefällt.«

Katharina packt aus. Eine blau-weiß gestreifte Hose, einen blauen Pulli und knallrote Hosenträger. Wie Herthas.

»Geburtstag ist der schönste Tag«, sagt Katharina zufrieden und zieht sofort ihren Pullover aus. »Danke, Hertha, das ist toll!«

Sie geht in ihr Zimmer und zieht sich um. Als sie zurückkommt, ist die Tauben-Oma auch schon da.

Katharina fällt ihr um den Hals.

»Herzlichen Glückwunsch zum Geburtstag«, sagt die Tauben-Oma. »Schau mal, was ich für dich habe!«

Über Katharinas Stuhl hängt eine Decke. Selbstgenäht aus lauter kleinen Quadraten.

»Ist die aber schön bunt«, sagt Katharina. Sie deutet auf ein Quadrat. »Das ist der Rock von Frau Goller. Und das war das Sommerkleid von Frau Schütz, das ein Kostüm von Frau Kern, und das«, sie tippt auf den lila-goldenen Flicken, »das war das Kleid von der Frau Apotheker.«

Hertha beugt sich interessiert darüber. »Davon ein ganzes Kleid?« fragt sie.

»Und was für ein Kleid!« ruft Katharina. »Du hättest deinen Spaß dran gehabt.«

»Das glaub ich gern«, sagt Hertha.

Katharinas Mutter ist ungeduldig. »Der Kaffee wird kalt, wenn wir nicht endlich anfangen.«

Dann sitzen sie alle um den Tisch. Es ist ein bißchen eng, aber sehr gemütlich.

»Jetzt weiß ich das zehnte Geschenk wieder«, sagt Katharinas Mutter. »Der Kuchen. Er steht noch in deinem Zimmer.«

Katharina holt die zweistöckige Schokoladentorte.

»Ich hab auch noch ein Geburtstagsgeschenk für

dich«, sagt die Tauben-Oma. »Der Wilhelm zieht bei mir ein. Gleich nächsten Monat.«

»Na sowas«, sagt Hertha. »Frau Taube, das ist aber wirklich eine Überraschung.«

Katharina springt auf, legt der Tauben-Oma die Arme um den Hals und küßt sie.

Die Tauben-Oma macht sich frei. »Du erdrückst mich«, sagt sie. »Ja, wir machen eine Wohngemeinschaft. So, wie du es gewollt hast.«

Katharina setzt sich wieder auf ihren Stuhl. »Keine alte Schachtel«, sagt sie zufrieden.

»Bestimmt nicht«, erklärt die Tauben-Oma. »Die kann sich ihre Eichenmöbel um den Hals hängen. Wenn der Wilhelm schon sowieso bei mir essen soll...«

Katharina unterbricht sie: »Und baden auch!«

»Ja«, sagt die Tauben-Oma. »Essen und baden und überhaupt. Und dafür sollen wir der feinen Witwe auch noch dreihundertfünfzig Mark in den Rachen schmeißen!«

Katharinas Mutter lacht. »Frau Taube, das war das beste, was Sie machen konnten.«

»Eine Wohngemeinschaft zu zweit«, sagt Hertha. »Toll!«

Katharina widerspricht. »Zu dritt. Vergiß den Klabautermann nicht.«

»Ja«, sagt die Tauben-Oma. »Und damit ich als einzige Frau nicht so allein dastehe, kauf ich mir gleich morgen einen Kanarienvogel. Ein Weibchen. Das habe ich schon lange tun wollen.«

»Supertolle Spitzenklasse!« ruft Katharina.

Sie schiebt ihren Stuhl zurück.

»Bist du schon fertig?« fragt die Mutter.

»Nein«, sagt Katharina und holt aus der Wühlschublade das Maßband. »Noch nicht. Aber du mußt mich sofort und auf der Stelle messen. Ich glaube, ich bin gewachsen.«

Kinderbücher

Hans-Christian Andersen
Mutter Holunder
21 Märchen aus dem Tee-
kessel. Ausgewählt und mit
einem Vorwort von Bernd
Jentzsch. Farbige Bilder von
Sabine Friedrichson. Über-
setzung: Thyra Dohrenburg.
Anhang: Andersen-Chronik.
Ln. m. Umschl. 216 S.
ab 6 80100
Die 21 Märchen
Bevor Mutter Holunder über
der Teetasse schwebt (Vor-
wort) Mutter Holunder · Das
Feuerzeug · Die kleine Meer-
jungfrau · Des Kaisers neue
Kleider · Der standhafte
Zinnsoldat · Die wilden
Schwäne · Der fliegende Kof-
fer · Der Schweineknecht ·
Die Nachtigall · Die Liebes-
leute · Das häßliche Enten-
küken · Die Stopfnadel ·
Springinsfeld · Die Hirtin
und der Schornsteinfeger ·
Der Schatten · Es ist wahr-
haftig wahr · Tölpel-Hans ·
Die Schnelläufer · Der Wind
erzählt von Valdemar Daae
und seinen Töchtern · Der
Mistkäfer · Die Teekanne.

Klaus Kordon
Einer wie Frank
Roman für Kinder. Papp-
band. 191 Seiten 80101
ab 12
Als seine Mutter stirbt, ist
Frank 13 Jahre alt. Außer
den Freunden Elvis, Uwi,
Zakke und Kalle und natürlich Gisela, die ihn mag und
zu ihm hält, hat er nur noch
Willi, seinen Stiefvater, mit
dem er sich nicht versteht.
Berlin 1956 – und die Ge-
schichte eines Jungen, der
lernen will, eigene Wege zu
gehen, und der Menschen findet, die ihm dabei helfen.

**Der Mond hinter den
Scheunen**
Eine lange Fabel von Katzen,
Mäusen und Ratzen. Mit
Kapitelzeichnungen von
Erwin Moser. Pappbd.,
220 Seiten 80102
ab 8
Da ist zunächst ein heiter-
fröhliches Mäusevolk. Es lebt
in der Scheune in Saus und
Braus. Und in den Ruinen
der alten Mühle hausen die
Mühlratzen. Damit noch
nicht genug, außer ihnen gibt
es noch eine weitere Ratten-
horde, die Kanalratzen. Die
handelnden »Personen« sind
also Katzen, Ratzen und
Mäuse. Wie jeder weiß, lieben
sich diese Viecher ganz und
gar nicht. Das wird auch stets
so bleiben – was im vorlie-
genden Fall für unerhörte
Spannung sorgt.

**BELTZ
& Gelberg**

Beltz Verlag Weinheim/Basel

Kinderromane

Peter Härtling
Ben liebt Anna
Bilder von Sophie Brandes. 80 Seiten. Linson.   (80551)
Manchmal sagen Erwachsene zu Kindern: Ihr könnt noch gar nicht wissen, was
Liebe ist. Das weiß man erst, wenn man groß ist! Das ist nicht wahr, Kinder den-
ken ganz anders darüber. So ist es auch mit Ben. Er liebt Anna, das Aussiedler-
mädchen, das neu in die Klasse kommt. Und auch Anna hat Ben eine Weile sehr
lieb gehabt.

Mirjam Pressler
Nun red doch endlich
156 S. Pappbd. DM 17,80   (80582)
Karin wird krank . . . Sie kommt zum Psychiater. Aber erst allmählich spricht sie
über ihr Problem: Sie ist ein uneheliches Kind.

Mirjam Pressler
Novemberkatzen
204 Seiten. Pappband.   (80588)
»Novemberkatzen taugen nichts«, sagt Ilses Mutter. »Niemand will sie.« Und
niemand will eigentlich Ilse. Der Vater nicht, der die Familie verlassen hat, die
Oma nicht, die sowieso schon Ilses Schwester aufzieht, die Brüder nicht, die Ilse
für doof halten. Und auch die anderen Kinder
nicht, die ihr »Ilse, Bilse« nachrufen. Aber es gibt
auch Schönes in ihrem Leben . . .

Klaus Kordon
Die Reise zur Wunderinsel
Bilder von Jutta Bauer. 184 Seiten. Pappband.
                                        (80107)
Nichts kann verhindern,
daß Silke sterben wird. So
sagen die Ärzte. Da erfüllen
ihr die Eltern ihren aller-
größten Wunsch — mit
einem Segelschiff in die
Südsee reisen. Und auf dieser Reise passiert dann
noch etwas, das allen wie
ein Wunder vorkommt . . .

BELTZ
& Gelberg